Guy de Maupassant

Le Verrou

et autres contes grivois

Édition de Louis Forestier

Gallimard

Ces nouvelles sont extraites de *Contes et nouvelles*
(Bibliothèque de la Pléiade, tomes I et II)

« Je désire que tout ce qui touche ma vie et ma personne ne donne lieu à aucune divulgation... » demande Maupassant. Il est néanmoins difficile de parler de l'œuvre sans y faire référence. Né au milieu du XIXᵉ siècle, Maupassant rêve d'abord de succès au théâtre, écrit de la poésie. Il se tourne cependant très vite vers le récit court où il triomphe en 1880 avec *Boule de suif.* De nombreux recueils suivront : *La Maison Tellier, Toine, Contes de la Bécasse, Le Rosier de Madame Husson*, qui reflètent l'importance du phénomène journalistique au XIXᵉ siècle. Maupassant est un journaliste talonné par la nécessité du « papier » à fournir. En dix ans, il publiera ainsi, essentiellement dans deux quotidiens, plus de trois cents contes et deux cents chroniques.

Peintre de la Normandie et des mœurs parisiennes, il sait aussi s'aventurer vers les marges inquiétantes de la conscience et du fantastique comme dans *Le Horla.* L'on connaît moins pourtant un Maupassant plus léger, plus éloigné des fausses pudeurs de son temps et plus proche de nous lorsqu'il traite de la sexualité. La question du désir est jugée si naturelle par le conteur qu'il fait preuve d'une étonnante lucidité et en parle avec une simplicité qui tient finalement de la provocation à une époque où le sujet est tabou.

Les éclairages qu'il apporte sur la sexualité, l'importance des symboles, la série d'objets qui deviennent signes, on pourrait dire fétiches : bottines, chevelure, et même les épingles que deux femmes repiquent au chevet du lit de l'amant commun, sont neufs et originaux.

Car, au fond, l'être qui, dans l'œuvre, attire le plus visiblement l'intérêt de Maupassant, à défaut d'indulgence, est la femme. Toutes les origines et toutes les catégories sociales sont présentes : paysannes et citadines, jeunes et vieilles, bourgeoises, mondaines, demi-mondaines et simples *filles*, sans compter les « tombales » qui concurrencent les « horizontales ».

Découvrez, lisez ou relisez les livres de Guy de Maupassant :

UNE VIE (Folio classique n° 3251)

BEL-AMI (Folio classique n° 3227)

MONT-ORIOL (Folio classique n° 3705)

MADEMOISELLE FIFI (Folio classique n° 945)

MISS HARRIET (Folio classique n° 1036)

CONTES DE LA BÉCASSE (Folio classique n° 3241)

PIERRE ET JEAN (Folio classique n° 3250)

FORT COMME LA MORT (Folio classique n° 1450)

CONTES DU JOUR ET DE LA NUIT (Folio classique n° 1558)

LE HORLA ET AUTRES NOUVELLES (Folio classique n° 3242)

LA PETITE ROQUE (Folio classique n° 1809)

MONSIEUR PARENT (Folio classique n° 1913)

LE ROSIER DE MADAME HUSSON (Folio classique n° 2153)

TOINE (Folio classique n° 2278)

SUR L'EAU (Folio classique n° 2408)

NOTRE CŒUR (Folio classique n° 2516)

LA MAISON TELLIER — UNE PARTIE DE CAMPAGNE ET AUTRES NOUVELLES (Folio classique n° 2783)

BOULE DE SUIF (Folio classique n° 3297)

L'INUTILE BEAUTÉ ET AUTRES NOUVELLES (Folio classique n° 2840)

YVETTE ET AUTRES NOUVELLES (Folio classique n° 2942)

CLAIR DE LUNE ET AUTRES NOUVELLES (Folio classique n° 3102)

LA MAIN GAUCHE (Folio classique n° 3247)

LES SŒURS RONDOLI (Folio classique n° 3722)

LE PÈRE MILON ET AUTRES NOUVELLES (Folio classique n° 3885)

Le Verrou

À Raoul Denisane[1]

Les quatre verres devant les dîneurs restaient
à moitié pleins maintenant, ce qui indique généralement que les convives le sont tout à fait. On
commençait à parler sans écouter les réponses,
chacun ne s'occupant que de ce qui se passait
en lui ; et les voix devenaient éclatantes, les ges-
tes exubérants, les yeux allumés.

C'était un dîner de garçons, de vieux garçons
endurcis. Ils avaient fondé ce repas régulier, une
vingtaine d'années auparavant, en le baptisant :
« le Célibat ». Ils étaient alors quatorze bien dé-
cidés à ne jamais prendre femme. Ils restaient

1. Raoul Denisane (ou Denisanne) fut vraisemblablement
peintre. Il fit partie de la Société des Artistes français et mou-
rut en 1902. Il est probablement parent (fils) de cette
Mme Denisane qui apparaît dans la correspondance de Maupassant vers 1870 et semble liée avec le père de l'écrivain.

quatre maintenant. Trois étaient morts, et les sept autres mariés.

Ces quatre-là tenaient bon ; et ils observaient scrupuleusement, autant qu'il était en leur pouvoir, les règles établies au début de cette curieuse association. Ils s'étaient juré, les mains dans les mains, de détourner de ce qu'on appelle le droit chemin toutes les femmes qu'ils pourraient, de préférence celle des amis, de préférence encore celle des amis les plus intimes. Aussi, dès que l'un d'eux quittait la société pour fonder une famille, il avait soin de se fâcher d'une façon définitive avec tous ses anciens compagnons.

Ils devaient, en outre, à chaque dîner, s'entre-confesser, se raconter avec tous les détails et les noms, et les renseignements les plus précis, leurs dernières aventures. D'où cette espèce de dicton devenu familier entre eux : « Mentir comme un célibataire. »

Ils professaient, en outre, le mépris le plus complet pour la Femme, qu'ils traitaient de « Bête à plaisir ». Ils citaient à tout instant Schopenhauer, leur dieu ; réclamaient le rétablissement des harems et des tours, avaient fait broder sur le linge de table qui servait au dîner du Célibat, ce précepte ancien : « *Mulier, perpetuus infans* » et, au-dessous, le vers d'Alfred de Vigny :

La femme, enfant malade et douze fois impure !

De sorte qu'à force de mépriser les femmes, ils ne pensaient qu'à elles, ne vivaient que pour elles, tendaient vers elles tous leurs efforts, tous leurs désirs.

Ceux d'entre eux qui s'étaient mariés, les appelaient vieux galantins, les plaisantaient et les craignaient.

C'était juste au moment de boire le champagne que devaient commencer les confidences au dîner du Célibat.

Ce jour-là, ces vieux, car ils étaient vieux à présent, et plus ils vieillissaient, plus ils racontaient de surprenantes bonnes fortunes, ces vieux furent intarissables. Chacun des quatre, depuis un mois, avait séduit au moins une femme par jour ; et quelles femmes ! les plus jeunes, les plus nobles, les plus riches, les plus belles !

Quand ils eurent terminé leurs récits, l'un d'eux, celui qui, ayant parlé le premier, avait dû, ensuite, écouter les autres, se leva. « Maintenant que nous avons fini de blaguer, dit-il, je me propose de vous raconter, non pas ma dernière, mais ma première aventure, j'entends la première aventure de ma vie, ma première chute (car c'est une chute) dans les bras d'une femme. Oh ! je ne vais pas vous narrer mon... comment dirai-je ?... mon tout premier début, non. Le premier fossé sauté (je dis fossé au figuré) n'a rien d'intéressant. Il est généralement boueux, et on s'en relève un peu sali avec une charmante illusion de moins, un vague dégoût, une pointe de tristesse. Cette réalité de l'amour, la première fois qu'on la touche, répugne un peu ; on la rêvait tout autre, plus délicate, plus fine. Il vous en reste une sensation morale et physique d'écœurement comme lorsqu'on a mis la main, par hasard, en des choses poisseuses, et qu'on n'a pas d'eau pour se laver. On a beau frotter, ça reste.

« Oui, mais comme on s'y accoutume bien, et vite ! Je te crois, qu'on s'y fait ! Cependant... cependant, pour ma part, j'ai toujours regretté de n'avoir pas pu donner de conseils au Créateur au moment où il a organisé cette chose-là. Qu'est-ce que j'aurais imaginé ; je ne le sais pas au juste ; mais je crois que je l'aurais arrangée autrement. J'aurais cherché une combinaison plus convenable et plus poétique, oui, plus poétique.

« Je trouve que le bon Dieu s'est montré vraiment trop... trop... naturaliste. Il a manqué de poésie dans son invention.

« Donc, ce que je veux vous raconter, c'est ma première femme du monde, la première femme du monde que j'ai séduite. Pardon, je veux dire la première femme du monde qui m'a séduit. Car, au début, c'est nous qui nous laissons prendre, tandis que, plus tard... c'est la même chose.

*

C'était une amie de ma mère, une femme charmante d'ailleurs. Ces êtres-là, quand ils sont chastes, c'est généralement par bêtise, et quand ils sont amoureux, ils sont enragés. On nous accuse de les corrompre ! Ah bien, oui ! Avec elles, c'est toujours le lapin qui commence, et jamais le chasseur. Oh ! elles n'ont pas l'air d'y toucher, je le sais, mais elles y touchent ; elles font de nous ce qu'elles veulent sans que cela paraisse ; et puis elles nous accusent de les avoir perdues, déshonorées, avilies, que sais-je ?

Celle dont je parle nourrissait assurément une furieuse envie de se faire avilir par moi. Elle avait peut-être trente-cinq ans ; j'en comptais à peine vingt-deux. Je ne songeais pas plus à la séduire que je ne pensais à me faire trappiste. Or, un jour, comme je lui rendais visite, et que je considérais avec étonnement son costume, un peignoir du matin considérablement ouvert, ouvert comme une porte d'église quand on sonne la messe, elle me prit la main, la serra, vous savez, la serra comme elles serrent dans ces moments-là, et avec un soupir demi-pâmé, ces soupirs qui viennent d'en bas, elle me dit : « Oh ! ne me regardez pas comme ça, mon enfant. »

Je devins plus rouge qu'une tomate et plus timide encore que d'habitude, naturellement. J'avais bien envie de m'en aller, mais elle me tenait la main, et ferme. Elle la posa sur sa poitrine, une poitrine bien nourrie ; et elle me dit : « Tenez, sentez mon cœur, comme il bat. » Certes, il battait. Moi, je commençais à saisir, mais je ne savais comment m'y prendre, ni par où commencer. J'ai changé depuis.

Comme je demeurais toujours une main appuyée sur la grasse doublure de son cœur, et l'autre main tenant mon chapeau, et comme je continuais à la regarder avec un sourire confus, un sourire niais, un sourire de peur, elle se redressa soudain, et, d'une voix irritée : « Ah çà, que faites-vous, jeune homme, vous êtes indécent et malappris. » Je retirai ma main bien vite, je cessai de sourire, et je balbutiai des excuses, et je me levai, et je m'en allai abasourdi, la tête perdue.

Mais j'étais pris, je rêvai d'elle. Je la trouvais charmante, adorable ; je me figurai que je l'aimais, que je l'avais toujours aimée, je résolus d'être entreprenant, téméraire même !

Quand je la revis, elle eut pour moi un petit sourire en coulisse. Oh ! ce petit sourire, comme il me troubla. Et sa poignée de main fut longue, avec une insistance significative.

À partir de ce jour je lui fis la cour, paraît-il. Du moins elle m'affirma depuis que je l'avais séduite, captée, déshonorée, avec un rare machiavélisme, une habileté consommée, une persévérance de mathématicien, et des ruses d'Apache.

Mais une chose me troublait étrangement. En quel lieu s'accomplirait mon triomphe ? J'habitais dans ma famille, et ma famille, sur ce point se montrait intransigeante. Je n'avais pas l'audace nécessaire pour franchir, une femme au bras, une porte d'hôtel en plein jour ; je ne savais à qui demander conseil.

Or, mon amie, en causant avec moi d'une façon badine, m'affirma que tout jeune homme devait avoir une chambre en ville. Nous habitions à Paris. Ce fut un trait de lumière, j'eus une chambre ; elle y vint.

Elle y vint un jour de novembre. Cette visite que j'aurais voulu différer me troubla beaucoup parce que je n'avais pas de feu. Et je n'avais pas de feu parce que ma cheminée fumait. La veille justement j'avais fait une scène à mon propriétaire, un ancien commerçant, et il m'avait promis de venir lui-même avec le fumiste, avant deux jours, pour examiner attentivement les travaux à exécuter.

Dès qu'elle fut entrée, je lui déclarai : « Je n'ai pas de feu, parce que ma cheminée fume. » Elle n'eut pas l'air de m'écouter, elle balbutia : « Ça ne fait rien, j'en ai... » Et comme je demeurais surpris, elle s'arrêta toute confuse ; puis reprit : « Je ne sais plus ce que je dis... je suis folle... je perds la tête... Qu'est-ce que je fais, Seigneur ! Pourquoi suis-je venue, malheureuse !

Oh ! quelle honte ! » Et elle s'abattit en sanglotant dans mes bras.

Je crus à ses remords et je lui jurai que je la respecterais. Alors elle s'écroula à mes genoux en gémissant : « Mais tu ne vois donc pas que je t'aime, que tu m'as vaincue, affolée ! »

Aussitôt je crus opportun de commencer les approches. Mais elle tressaillit, se releva, s'enfuit jusque dans une armoire pour se cacher, en criant : « Oh ! ne me regardez pas, non, non. Ce jour me fait honte. Au moins si tu ne me voyais pas, si nous étions dans l'ombre, la nuit, tous les deux. Y songes-tu ? Quel rêve ! Oh ! ce jour ! »

Je me précipitai sur la fenêtre, je fermai les contrevents, je croisai les rideaux, je pendis un paletot sur un filet de lumière qui passait encore ; puis, les mains étendues pour ne pas tomber sur les chaises, le cœur palpitant, je la cherchai, je la trouvai.

Ce fut un nouveau voyage, à deux, à tâtons, les lèvres unies, vers l'autre coin où se trouvait mon alcôve. Nous n'allions pas droit, sans doute, car je rencontrai d'abord la cheminée, puis la commode, puis enfin ce que nous cherchions.

Alors j'oubliai tout dans une extase frénétique. Ce fut une heure de folie, d'emportement, de joie surhumaine ; puis, une délicieuse lassitude nous ayant envahis, nous nous endormîmes, aux bras l'un de l'autre.

Et je rêvai. Mais voilà que dans mon rêve il me sembla qu'on m'appelait, qu'on criait au secours ; puis je reçus un coup violent ; j'ouvris les yeux !...

Oh !... Le soleil couchant, rouge, magnifique, entrant tout entier par ma fenêtre grande ouverte, semblait nous regarder du bord de l'horizon, illuminait d'une lueur d'apothéose mon lit tumultueux, et, couchée dessus, une femme éperdue, qui hurlait, se débattait, se tortillait, s'agitait des pieds et des mains pour saisir un bout de drap, un coin de rideau, n'importe quoi, tandis que, debout au milieu de la chambre, effarés, côte à côte, mon propriétaire en redingote, flanqué du concierge et d'un fumiste noir comme un diable, nous contemplait avec des yeux stupides.

Je me dressai furieux, prêt à lui sauter au collet, et je criai : « Que faites-vous chez moi, nom de Dieu ! »

Le fumiste, pris d'un rire irrésistible, laissa tomber la plaque de tôle qu'il portait à la main. Le concierge semblait devenu fou ; et le propriétaire balbutia : « Mais, monsieur, c'était... c'était... pour la cheminée... la cheminée... » Je hurlai : « F...ichez le camp, nom de Dieu ! »

Alors il retira son chapeau d'un air confus et poli, et, s'en allant à reculons, murmura : « Pardon, monsieur, excusez-moi, si j'avais cru vous déranger, je ne serais pas venu. Le concierge m'avait affirmé que vous étiez sorti. Excusez-moi. » Et ils partirent.

Depuis ce temps-là, voyez-vous, je ne ferme jamais les fenêtres ; mais je pousse toujours les verrous.

Marroca

Mon ami, tu m'as demandé de t'envoyer mes impressions, mes aventures, et surtout mes histoires d'amour sur cette terre d'Afrique qui m'attirait depuis si longtemps. Tu riais beaucoup, d'avance, de mes tendresses noires, comme tu disais ; et tu me voyais déjà revenir suivi d'une grande femme en ébène coiffée d'un foulard jaune, et ballottante en des vêtements éclatants.

Le tour des Mauricaudes viendra sans doute, car j'en ai vu déjà plusieurs qui m'ont donné quelque envie de me tremper en cette encre ; mais je suis tombé pour mon début sur quelque chose de mieux et de singulièrement original.

Tu m'as écrit, dans ta dernière lettre :

« Quand je sais comment on aime dans un pays, je connais ce pays à le décrire, bien que ne l'ayant jamais vu. » Sache qu'ici on aime furieusement. On sent, dès les premiers jours, une sorte d'ardeur frémissante, un soulèvement, une brusque tension des désirs, un énervement courant au bout des doigts, qui surexcitent à les exaspérer nos puissances amoureuses et toutes nos facultés de sensation physique, depuis le simple contact des mains jusqu'à cet innommable besoin qui nous fait commettre tant de sottises.

Entendons-nous bien. Je ne sais si ce que vous appelez l'amour du cœur, l'amour des âmes, si l'idéalisme sentimental, le platonisme enfin, peut exister sous ce ciel ; j'en doute même. Mais l'autre amour, celui des sens, qui a du bon, et beaucoup de bon, est véritablement terrible en ce climat. La chaleur, cette constante brûlure de l'air qui vous enfièvre, ces souffles suffocants du Sud, ces marées de feu venues du grand désert si proche, ce lourd sirocco, plus ravageant, plus desséchant que la flamme, ce perpétuel incendie d'un continent tout entier brûlé jusqu'aux pierres par un énorme et dévorant soleil, embrasent le sang, affolent la chair, embestialisent.

Mais j'arrive à mon histoire. Je ne te dis rien de mes premiers temps de séjour en Algérie. Après avoir visité Bône, Constantine, Biskra et Sétif, je suis venu à Bougie par les gorges du Chabet, et une incomparable route au milieu des forêts kabyles, qui suit la mer en la dominant de deux cents mètres, et serpente selon les festons de la haute montagne, jusqu'à ce merveilleux golfe de Bougie aussi beau que celui de Naples, que celui d'Ajaccio et que celui de Douarnenez, les plus admirables que je connaisse. J'excepte dans ma comparaison cette invraisemblable baie de Porto, ceinte de granit rouge, et habitée par les fantastiques et sanglants géants de pierre qu'on appelle les « Calanche » de Piana, sur les côtes ouest de la Corse.

De loin, de très loin, avant de contourner le grand bassin où dort l'eau pacifique, on aperçoit Bougie. Elle est bâtie sur les flancs rapides d'un mont très élevé et couronnée par des bois. C'est une tache blanche dans cette pente verte ; on dirait l'écume d'une cascade tombant à la mer.

Dès que j'eus mis le pied dans cette toute petite et ravissante ville, je compris que j'allais y rester longtemps. De partout l'œil embrasse un véritable cercle de sommets crochus, dentelés, cornus et bizarres, tellement fermé qu'on découvre à peine la pleine mer, et que le golfe a l'air d'un lac. L'eau bleue, d'un bleu laiteux, est d'une transparence admirable ; et le ciel d'azur, d'un azur épais, comme s'il avait reçu deux couches de couleur, étale au-dessus sa surprenante beauté. Ils semblent se mirer l'un dans l'autre et se renvoyer leurs reflets.

Bougie est la ville des ruines. Sur le quai, en arrivant, on rencontre un débris si magnifique,

qu'on le dirait d'opéra. C'est la vieille porte
Sarrasine, envahie de lierre. Et dans les bois
montueux autour de la cité, partout des ruines,
des pans de murailles romaines, des morceaux
de monuments sarrasins, des restes de construc-
tions arabes.

J'avais loué dans la ville haute une petite
maison mauresque. Tu connais ces demeures si
souvent décrites. Elles ne possèdent point de
fenêtres en dehors ; mais une cour intérieure
les éclaire du haut en bas. Elles ont, au premier,
une grande salle fraîche où l'on passe les jours,
et tout en haut une terrasse où l'on passe les
nuits.

Je me mis tout de suite aux coutumes des
pays chauds, c'est-à-dire à faire la sieste après
mon déjeuner. C'est l'heure étouffante d'Afrique, l'heure où l'on ne respire plus, l'heure où
les rues, les plaines, les longues routes aveuglan-
tes sont désertes, où tout le monde dort, essaye
au moins de dormir, avec aussi peu de vêtements que possible.

J'avais installé dans ma salle à colonnettes
d'architecture arabe un grand divan moelleux,
couvert de tapis du Djebel-Amour. Je m'éten-
dais là-dessus à peu près dans le costume d'As-
san, mais je n'y pouvais guère reposer, torturé
par ma continence.

Oh ! mon ami, il est deux supplices de cette
terre que je ne te souhaite pas de connaître : le

manque d'eau et le manque de femmes. Lequel est le plus affreux ? Je ne sais. Dans le désert, on commettrait toutes les infamies pour un verre d'eau claire et froide. Que ne ferait-on pas en certaines villes du littoral pour une belle fille fraîche et saine ? Car elles ne manquent pas, les filles, en Afrique ! Elles foisonnent, au contraire ; mais, pour continuer ma comparaison, elles y sont toutes aussi malfaisantes et pourries que le liquide fangeux des puits sahariens.

Or, voici qu'un jour, plus énervé que de coutume, je tentai, mais en vain, de fermer les yeux. Mes jambes vibraient comme piquées en dedans ; une angoisse inquiète me retournait à tout moment sur mes tapis. Enfin, n'y tenant plus, je me levai et je sortis.

C'était en juillet, par une après-midi torride. Les pavés des rues étaient chauds à cuire du pain ; la chemise, tout de suite trempée, collait au corps ; et, par tout l'horizon, flottait une petite vapeur blanche, cette buée ardente du sirocco, qui semble de la chaleur palpable.

Je descendis près de la mer ; et, contournant le port, je me mis à suivre la berge le long de la jolie baie où sont les bains. La montagne escarpée, couverte de taillis, de hautes plantes aromatiques aux senteurs puissantes, s'arrondit en cercle autour de cette crique où trempent, tout le long du bord, de gros rochers bruns.

Personne dehors ; rien ne remuait ; pas un cri de bête, un vol d'oiseau, pas un bruit, pas même un clapotement, tant la mer immobile paraissait engourdie sous le soleil. Mais dans l'air cuisant, je croyais saisir une sorte de bourdonnement de feu.

Soudain, derrière une de ces roches à demi noyées dans l'onde silencieuse, je devinai un léger mouvement ; et, m'étant retourné, j'aperçus, prenant son bain, se croyant bien seule à cette heure brûlante, une grande fille nue, enfoncée jusqu'aux seins. Elle tournait la tête vers la pleine mer, et sautillait doucement sans me voir.

Rien de plus étonnant que ce tableau : cette belle femme dans cette eau transparente comme un verre, sous cette lumière aveuglante. Car elle était belle merveilleusement, cette femme, grande, modelée en statue.

Elle se retourna, poussa un cri, et, moitié nageant, moitié marchant, se cacha tout à fait derrière sa roche.

Comme il fallait bien qu'elle sortît, je m'assis sur la berge et j'attendis. Alors elle montra tout doucement sa tête surchargée de cheveux noirs liés à la diable. Sa bouche était large, aux lèvres retroussées comme des bourrelets, ses yeux énormes, effrontés, et toute sa chair un peu brunie par le climat semblait une chair d'ivoire

ancien, dure et douce, de belle race, teintée par
le soleil des nègres.

Elle me cria : « Allez-vous-en. » Et sa voix
pleine, un peu forte comme toute sa personne,
avait un accent guttural. Je ne bougeai point.
Elle ajouta : « Ça n'est pas bien de rester là,
monsieur. » Les *r*, dans sa bouche, roulaient
comme des chariots. Je ne remuai pas davantage. La tête disparut.

Dix minutes s'écoulèrent ; et les cheveux, puis
le front, puis les yeux se remontrèrent avec len-
teur et prudence, comme font les enfants qui
jouent à cache-cache pour observer celui qui
les cherche.

Cette fois, elle eut l'air furieux ; elle cria :
« Vous allez me faire attraper mal. Je ne parti-
rai pas tant que vous serez là. » Alors je me
levai et m'en allai, non sans me retourner souvent. Quand elle me jugea assez loin, elle sortit
de l'eau à demi courbée, me tournant ses reins ;
et elle disparut dans un creux du roc, derrière
une jupe suspendue à l'entrée.

Je revins le lendemain. Elle était encore au
bain, mais vêtue d'un costume entier. Elle se mit
à rire en me montrant ses dents luisantes.

Huit jours après, nous étions amis. Huit jours
de plus, et nous le devenions encore davantage.

Elle s'appelait Marroca, d'un surnom sans
doute, et prononçait ce mot comme s'il eût
contenu quinze *r*. Fille de colons espagnols,

elle avait épousé un Français nommé Pontabèze. Son mari était employé de l'État. Je n'ai jamais su bien au juste quelles fonctions il remplissait. Je constatai qu'il était fort occupé, et je n'en demandai pas plus long.

Alors, changeant l'heure de son bain, elle vint chaque jour après mon déjeuner faire la sieste en ma maison. Quelle sieste ! Si c'est là se reposer !

C'était vraiment une admirable fille, d'un type un peu bestial, mais superbe. Ses yeux semblaient toujours luisants de passion ; sa bouche entrouverte, ses dents pointues, son sourire même avaient quelque chose de férocement sensuel ; et ses seins étranges, allongés et droits, aigus, comme des poires de chair, élastiques comme s'ils eussent renfermé des ressorts d'acier, donnaient à son corps quelque chose d'animal, faisaient d'elle une sorte d'être inférieur et magnifique, de créature destinée à l'amour désordonné, éveillaient en moi l'idée des obscènes divinités antiques dont les tendresses libres s'étalaient au milieu des herbes et des feuilles.

Et jamais femme ne porta dans ses flancs de plus inapaisables désirs. Ses ardeurs acharnées et ses hurlantes étreintes, avec des grincements de dents, des convulsions et des morsures, étaient suivies presque aussitôt d'assoupissements profonds comme une mort. Mais elle se réveillait brusquement en mes bras, toute prête à des enlacements nouveaux, la gorge gonflée de baisers.

Son esprit, d'ailleurs, était simple comme deux et deux font quatre, et un rire sonore lui tenait lieu de pensée.

Fière par instinct de sa beauté, elle avait en horreur les voiles les plus légers ; et elle circulait, courait, gambadait dans ma maison avec une impudeur inconsciente et hardie. Quand elle était enfin repue d'amour, épuisée de cris et de mouvement, elle dormait à mes côtés sur le divan, d'un sommeil fort et paisible ; tandis que l'accablante chaleur faisait pointer sur sa peau brunie de minuscules gouttes de sueur, dégageait d'elle, de ses bras relevés sous sa tête, de tous ses replis secrets, cette odeur fauve qui plaît aux mâles.

Quelquefois elle revenait le soir, son mari étant de service je ne sais où. Nous nous étendions alors sur la terrasse, à peine enveloppés en de fins et flottants tissus d'Orient.

Quand la grande lune illuminante des pays chauds s'étalait en plein dans le ciel, éclairant la ville et le golfe avec son cadre arrondi de montagnes, nous apercevions alors sur toutes les autres terrasses comme une armée de silencieux fantômes étendus qui parfois se levaient, changeaient de place, et se recouchaient sous la tiédeur langoureuse du ciel apaisé.

Malgré l'éclat de ces soirées d'Afrique, Marroca s'obstinait à se mettre nue encore sous les clairs rayons de la lune ; elle ne s'inquiétait guère de tous ceux qui nous pouvaient voir, et souvent elle poussait par la nuit, malgré mes craintes et mes prières, de longs cris vibrants, qui faisaient au loin hurler les chiens.

Comme je sommeillais un soir, sous le large firmament tout barbouillé d'étoiles, elle vint s'agenouiller sur mon tapis, et approchant de ma bouche ses grandes lèvres retournées :

« Il faut, dit-elle, que tu viennes dormir chez moi. »

Je ne comprenais pas. « Comment, chez toi ?

— Oui, quand mon mari sera parti, tu viendras dormir à sa place. »

Je ne pus m'empêcher de rire.

« Pourquoi ça, puisque tu viens ici ? »

Elle reprit, en me parlant dans la bouche, me jetant son haleine chaude au fond de la gorge, mouillant ma moustache de son souffle : « C'est pour me faire un souvenir. » Et l'*r* de souvenir traîna longtemps avec un fracas de torrent sur des roches.

Je ne saisissais point son idée. Elle passa ses bras à mon cou. « Quand tu ne seras plus là, j'y penserai. Et quand j'embrasserai mon mari, il me semblera que ce sera toi. »

Et les *rrrai* et les *rrra* prenaient en sa voix des grondements de tonnerres familiers.

Je murmurai, attendri et très égayé :

« Mais tu es folle. J'aime mieux rester chez moi. »

Je n'ai, en effet, aucun goût pour les rendez-vous sous un toit conjugal ; ce sont là des souricières où sont toujours pris les imbéciles. Mais elle me pria, me supplia, pleura même, ajoutant : « Tu verras comme je t'aimerrrai. » *T'aimerrrai* retentissait à la façon d'un roulement de tambour battant la charge.

Son désir me semblait tellement singulier que je ne me l'expliquais point ; puis, en y songeant, je crus démêler quelque haine profonde contre son mari, une de ces vengeances secrètes de femme qui trompe avec délices l'homme abhorré, et le veut encore tromper chez lui, dans ses meubles, dans ses draps.

Je lui dis : « Ton mari est très méchant pour toi ? »

Elle prit un air fâché : « Oh non, très bon.

— Mais tu ne l'aimes pas, toi ? »

Elle me fixa avec ses larges yeux étonnés.

« Si, je l'aime beaucoup, au contraire, beaucoup, beaucoup, mais pas tant que toi, mon cœurrr. »

Je ne comprenais plus du tout, et comme je cherchais à deviner, elle appuya sur ma bouche une de ces caresses dont elle connaissait le pouvoir, puis elle murmura :

« Tu viendrras, dis ? »

Je résistai cependant. Alors elle s'habilla tout de suite et s'en alla.

Elle fut huit jours sans se montrer. Le neuvième jour elle reparut, s'arrêta gravement sur le seuil de ma chambre et demanda : « Viendras-tu ce soir dorrrmirrr chez moi ? Si tu ne viens pas, je m'en vais. »

Huit jours, c'est long, mon ami, et, en Afrique, ces huit jours-là valaient bien un mois. Je criai : « Oui » et j'ouvris les bras. Elle s'y jeta.

Elle m'attendit, à la nuit, dans une rue voisine, et me guida.

Ils habitaient près du port une petite maison basse. Je traversai d'abord une cuisine où le ménage prenait ses repas, et je pénétrai dans la chambre blanchie à la chaux, propre, avec des photographies de parents le long des murs et des fleurs de papier sous des globes. Marroca semblait folle de joie ; elle sautait, répétant : « Te voilà chez nous, te voilà chez toi. »

J'agis en effet, comme chez moi.

J'étais un peu gêné, je l'avoue, même inquiet. Comme j'hésitais, dans cette demeure inconnue, à me séparer de certain vêtement sans lequel un homme surpris devient aussi gauche que ridicule, et incapable de toute action, elle me l'arracha de force et l'emporta dans la pièce voisine, avec toutes mes autres hardes.

Je repris enfin mon assurance et je le lui prouvai de tout mon pouvoir, si bien qu'au bout de deux heures nous ne songions guère encore au repos, quand des coups violents frappés soudain contre la porte nous firent tressaillir ; et une voix forte d'homme cria : « Marroca, c'est moi. »

Elle fit un bond : « Mon mari ! Vite, cache-toi sous le lit. » Je cherchais éperdument mon pantalon ; mais elle me poussa, haletante : « Va donc, va donc. »

Je m'étendis à plat ventre et me glissai sans murmurer sous ce lit, sur lequel j'étais si bien.

Alors elle passa dans la cuisine. Je l'entendis ouvrir une armoire, la fermer, puis elle revint, apportant un objet que je n'aperçus pas, mais qu'elle posa vivement quelque part ; et, comme son mari perdait patience, elle répondit d'une voix forte et calme : « Je ne trrrouve pas les allumettes » ; puis soudain : « Les voilà, je t'ouvrrre. » Et elle ouvrit.

L'homme entra. Je ne vis que ses pieds, des pieds énormes. Si le reste se trouvait en proportion, il devait être un colosse.

J'entendis des baisers, une tape sur de la chair nue, un rire ; puis il dit avec un accent marseillais : « Zé oublié ma bourse, té, il a fallu revenir. Autrement, je crois que tu dormais de bon cœur. » Il alla vers la commode, chercha longtemps ce qu'il lui fallait ; puis Marroca s'étant étendue sur le lit comme accablée de fatigue, il revint à elle, et sans doute il essayait de la caresser, car elle lui envoya, en phrases irritées, une mitraille d'*r* furieux.

Les pieds étaient si près de moi qu'une envie folle, stupide, inexplicable, me saisit de les toucher tout doucement. Je me retins.

Comme il ne réussissait pas en ses projets, il se vexa. « Tu es bien méçante aujourd'hui », dit-il. Mais il en prit son parti. « Adieu, pétite. » Un nouveau baiser sonna ; puis les gros pieds se retournèrent, me firent voir leurs clous en s'éloignant, passèrent dans la pièce voisine ; et la porte de la rue se referma.

J'étais sauvé !

Je sortis lentement de ma retraite, humble et piteux, et tandis que Marroca, toujours nue, dansait une gigue autour de moi en riant aux éclats et battant des mains, je me laissai tomber lourdement sur une chaise. Mais je me relevai d'un bond ; une chose froide gisait sous moi, et comme je n'étais pas plus vêtu que ma complice, le contact m'avait saisi. Je me retournai.

Je venais de m'asseoir sur une petite hachette à fendre le bois, aiguisée comme un couteau. Comment était-elle venue à cette place ! Je ne l'avais pas aperçue en entrant.

Marroca, voyant mon sursaut, étouffait de gaieté, poussait des cris, toussait, les deux mains sur son ventre.

Je trouvai cette joie déplacée, inconvenante. Nous avions joué notre vie stupidement ; j'en avais encore froid dans le dos, et ces rires fous me blessaient un peu.

« Et si ton mari m'avait vu », lui demandai-je.

Elle répondit : « Pas de danger.

— Comment ! pas de danger. Elle est raide celle-là ! Il lui suffisait de se baisser pour me trouver. »

Elle ne riait plus ; elle souriait seulement en me regardant de ses grands yeux fixes, où germaient de nouveaux désirs.

« Il ne se serait pas baissé. »

J'insistai : « Par exemple ! S'il avait seulement laissé tomber son chapeau, il aurait bien fallu le ramasser, alors... j'étais propre, moi, dans ce costume. »

Elle posa sur mes épaules ses bras ronds et vigoureux, et, baissant le ton, comme si elle m'eût dit : « Je t'adorrre », elle murmura : « Alorrrs, il ne se serait pas relevé. »

Je ne comprenais point :

« Pourquoi ça ? »

Elle cligna de l'œil avec malice, allongea sa main vers la chaise où je venais de m'asseoir ; et son doigt tendu, le pli de sa joue, ses lèvres entrouvertes, ses dents pointues, claires et féroces, tout cela me montrait la petite hachette à fendre le bois, dont le tranchant aigu luisait.

Elle fit le geste de la prendre ; puis m'attirant du bras gauche tout contre elle, serrant sa hanche à la mienne, du bras droit elle esquissa le mouvement qui décapite un homme à genoux !...

Et voilà, mon cher, comment on comprend ici les devoirs conjugaux, l'amour et l'hospitalité !

La Patronne

Au docteur Baraduc[1]

J'habitais alors, dit Georges Kervelen, une maison meublée, rue des Saints-Pères.

Quand mes parents décidèrent que j'irais faire mon droit à Paris, de longues discussions eurent lieu pour régler toutes choses. Le chiffre de ma pension avait été d'abord fixé à deux mille cinq cents francs, mais ma pauvre mère fut prise d'une peur qu'elle exposa à mon père : « S'il allait dépenser mal tout son argent et ne pas prendre une nourriture suffisante, sa santé en souffrirait beaucoup. Ces jeunes gens sont capables de tout. »

Alors il fut décidé qu'on me chercherait une pension, une pension modeste et confortable,

---

1. Le docteur Baraduc connaissait l'écrivain de longue date, étant ami de son père, Gustave. Guy de Maupassant sera hébergé quelque temps par le docteur Baraduc, dans sa maison de Châtelguyon.

et que ma famille en payerait directement le prix, chaque mois.

Je n'avais jamais quitté Quimper. Je désirais tout ce qu'on désire à mon âge et j'étais disposé à vivre joyeusement, de toutes les façons.

Des voisins, à qui on demanda conseil, indiquèrent une compatriote, Mme Kergaran, qui prenait des pensionnaires. Mon père donc traita par lettres avec cette personne respectable, chez qui j'arrivai, un soir, accompagné d'une malle.

Mme Kergaran avait quarante ans environ. Elle était forte, très forte, parlait d'une voix de capitaine instructeur et décidait toutes les questions d'un mot net et définitif. Sa demeure, tout étroite, n'ayant qu'une seule ouverture sur la rue, à chaque étage, avait l'air d'une échelle de fenêtres, ou bien encore d'une tranche de maison en sandwich entre deux autres.

La patronne habitait au premier avec sa bonne ; on faisait la cuisine et on prenait les repas au second ; quatre pensionnaires bretons logeaient au troisième et au quatrième. J'eus les deux pièces du cinquième.

Un petit escalier noir, tournant comme un tire-bouchon, conduisait à ces deux mansardes. Tout le jour, sans s'arrêter, Mme Kergaran montait et descendait cette spirale, occupée dans ce logis en tiroir comme un capitaine à son bord. Elle entrait dix fois de suite dans chaque appartement, surveillait tout avec un étonnant fracas de paroles, regardait si les lits étaient bien faits, si les habits étaient bien brossés, si le service ne laissait rien à désirer. Enfin, elle soignait ses pensionnaires comme une mère, mieux qu'une mère.

J'eus bientôt fait la connaissance de mes quatre compatriotes. Deux étudiaient la médecine, et les deux autres faisaient leur droit, mais tous subissaient le joug despotique de la patronne. Ils avaient peur d'elle comme un maraudeur a peur du garde champêtre.

Quant à moi, je me sentis tout de suite des désirs d'indépendance, car je suis un révolté par nature. Je déclarai d'abord que je voulais rentrer à l'heure qui me plairait, car Mme Kergaran avait fixé minuit comme dernière limite. À cette prétention, elle planta sur moi ses yeux clairs pendant quelques secondes, puis elle déclara :

« Ce n'est pas possible. Je ne peux pas tolérer qu'on réveille Annette toute la nuit. Vous n'avez rien à faire dehors passé certaine heure. »

Je répondis avec fermeté : « D'après la loi, madame, vous êtes obligée de m'ouvrir à toute heure. Si vous le refusez, je le ferai constater par des sergents de ville et j'irai coucher à l'hôtel à vos frais, comme c'est mon droit. Vous serez donc contrainte de m'ouvrir ou de me renvoyer. La porte ou l'adieu. Choisissez. »

Je lui riais au nez en posant ces conditions. Après une première stupeur, elle voulut parlementer, mais je me montrai intraitable et elle céda. Nous convînmes que j'aurais un passe-partout mais à la condition formelle que tout le monde l'ignorerait.

Mon énergie fit sur elle une impression salutaire et elle me traita désormais avec une faveur marquée. Elle avait des attentions, des petits soins, des délicatesses pour moi, et même une certaine tendresse brusque qui ne me déplaisait point. Quelquefois, dans mes heures de gaieté, je l'embrassais par surprise, rien que pour la forte gifle qu'elle me lançait aussitôt. Quand j'arrivais à baisser la tête assez vite, sa main partie passait par-dessus moi avec la rapidité d'une balle, et je riais comme un fou en me sauvant, tandis qu'elle criait : « Ah ! la canaille ! je vous revaudrai ça. »

Nous étions devenus une paire d'amis.

Mais voilà que je fis la connaissance, sur le trottoir, d'une fillette employée dans un magasin.

Vous savez ce que sont ces amourettes de Paris. Un jour, comme on allait à l'école, on rencontre une jeune personne en cheveux qui se promène au bras d'une amie avant de rentrer au travail. On échange un regard, et on sent en soi cette petite secousse que vous donne l'œil de certaines femmes. C'est là une des choses charmantes de la vie, ces rapides sympathies physiques que fait éclore une rencontre, cette légère et délicate séduction qu'on subit tout à coup au frôlement d'un être né pour vous plaire et pour être aimé de vous. Il sera aimé peu ou beaucoup, qu'importe ? Il est dans sa nature de répondre au secret désir d'amour de la vôtre. Dès la première fois que vous apercevez ce visage, cette bouche, ces cheveux, ce sourire, vous sentez leur charme entrer en vous avec une joie douce et délicieuse, vous sentez une sorte de bien-être heureux vous pénétrer, et l'éveil subit d'une tendresse encore confuse qui vous pousse vers cette femme inconnue. Il semble qu'il y ait en elle un appel auquel vous répondez, une attirance qui vous sollicite ; il semble qu'on la connaît depuis longtemps, qu'on l'a déjà vue, qu'on sait ce qu'elle pense.

Le lendemain, à la même heure, on repasse par la même rue. On la revoit. Puis on revient le jour suivant, et encore le jour suivant. On se parle enfin. Et l'amourette suit son cours, régulier comme une maladie.

Donc, au bout de trois semaines, j'en étais avec Emma à la période qui précède la chute. La chute même aurait eu lieu plus tôt si j'avais su en quel endroit la provoquer. Mon amie vivait en famille et refusait avec une énergie singulière de franchir le seuil d'un hôtel meublé.

Je me creusais la tête pour trouver un moyen, une ruse, une occasion. Enfin, je pris un parti désespéré et je me décidai à la faire monter chez moi, un soir, vers onze heures, sous prétexte d'une tasse de thé. Mme Kergaran se couchait tous les jours à dix heures. Je pourrais donc rentrer sans bruit au moyen de mon passe-partout, sans éveiller aucune attention. Nous redescendrions de la même manière au bout d'une heure ou deux.

Emma accepta mon invitation après s'être fait un peu prier.

Je passai une mauvaise journée. Je n'étais point tranquille. Je craignais des complications, une catastrophe, quelque épouvantable scandale. Le soir vint. Je sortis et j'entrai dans une brasserie où j'absorbai deux tasses de café et quatre ou cinq petits verres pour me donner du courage. Puis j'allai faire un tour sur le boulevard Saint-Michel. J'entendis sonner dix heures, dix heures et demie. Et je me dirigeai, à pas lents, vers le lieu de notre rendez-vous. Elle m'attendait déjà. Elle prit mon bras avec une allure câline et nous voilà partis, tout doucement, vers ma demeure. À mesure que j'approchais de la porte, mon angoisse allait croissant. Je pensais : « Pourvu que Mme Kergaran soit couchée. »

Je dis à Emma deux ou trois fois : « Surtout, ne faites point de bruit dans l'escalier. »

Elle se mit à rire : « Vous avez donc bien peur d'être entendu ?

— Non, mais je ne veux pas réveiller mon voisin qui est gravement malade. »

Voici la rue des Saints-Pères. J'approche de mon logis avec cette appréhension qu'on a en se rendant chez un dentiste. Toutes les fenêtres sont sombres. On dort sans doute. Je respire. J'ouvre la porte avec des précautions de voleur. Je fais entrer ma compagne, puis je referme, et je monte l'escalier sur la pointe des pieds en retenant mon souffle et en allumant des allumettes-bougies pour que la jeune fille ne fasse point quelque faux pas.

En passant devant la chambre de la patronne je sens que mon cœur bat à coups précipités. Enfin, nous voici au second étage, puis au troisième, puis au cinquième. J'entre chez moi. Victoire !

Cependant, je n'osais parler qu'à voix basse et j'ôtai mes bottines pour ne faire aucun bruit. Le thé, préparé sur une lampe à esprit-de-vin, fut bu sur le coin de ma commode. Puis je devins pressant... pressant..., et peu à peu, comme dans un jeu, j'enlevais un à un les vêtements de mon amie, qui cédait en résistant, rouge, confuse, retardant toujours l'instant fatal et charmant.

Elle n'avait plus, ma foi, qu'un court jupon blanc quand ma porte s'ouvrit d'un seul coup, et Mme Kergaran parut, une bougie à la main, exactement dans le même costume qu'Emma.

J'avais fait un bond loin d'elle et je restais debout, effaré, regardant les deux femmes qui se dévisageaient. Qu'allait-il se passer ?

La patronne prononça d'un ton hautain que je ne lui connaissais pas : « Je ne veux pas de filles dans ma maison, monsieur Kervelen. »

Je balbutiai : « Mais, madame Kergaran, mademoiselle n'est que mon amie. Elle venait prendre une tasse de thé. »

La grosse femme reprit : « On ne se met pas en chemise pour prendre une tasse de thé. Vous allez faire partir tout de suite cette personne. »

Emma, consternée, commençait à pleurer en se cachant la figure dans sa jupe. Moi, je perdais la tête, ne sachant que faire ni que dire. La patronne ajouta avec une irrésistible autorité : « Aidez mademoiselle à se rhabiller et reconduisez-la tout de suite. »

Je n'avais pas autre chose à faire, assurément, et je ramassai la robe tombée en rond, comme un ballon crevé, sur le parquet, puis je la passai sur la tête de la fillette, et je m'efforçai de l'agrafer, de l'ajuster, avec une peine infinie. Elle m'aidait, en pleurant toujours, affolée, se hâtant, faisant toutes sortes d'erreurs, ne sachant plus retrouver les cordons ni les boutonnières ; et Mme Kergaran impassible, debout, sa bougie à la main, nous éclairait dans une pose sévère de justicier.

Emma maintenant précipitait ses mouvements, se couvrait éperdument, nouait, épinglait, laçait, rattachait avec furie, harcelée par un impérieux besoin de fuir ; et sans même boutonner ses bottines, elle passa en courant devant la patronne et s'élança dans l'escalier. Je la suivais en savates, à moitié dévêtu moi-même, répétant : « Mademoiselle, écoutez, mademoiselle. »

Je sentais bien qu'il fallait lui dire quelque chose, mais je ne trouvais rien. Je la rattrapai juste à la porte de la rue, et je voulus lui prendre le bras, mais elle me repoussa violemment, balbutiant d'une voix basse et nerveuse : « Laissez-moi... laissez-moi, ne me touchez pas. »

Et elle se sauva dans la rue en refermant la porte derrière elle.

Je me retournai. Mme Kergaran était restée au haut du premier étage, et je remontai les marches à pas lents, m'attendant à tout, et prêt à tout.

La chambre de la patronne était ouverte, elle m'y fit entrer en prononçant d'un ton sévère : « J'ai à vous parler, monsieur Kervelen. »

Je passai devant elle en baissant la tête. Elle posa sa bougie sur la cheminée puis, croisant ses bras sur sa puissante poitrine que couvrait mal une fine camisole blanche :

« Ah çà, monsieur Kervelen, vous prenez donc ma maison pour une maison publique ! »

Je n'étais pas fier. Je murmurai : « Mais non, madame Kergaran. Il ne faut pas vous fâcher, voyons, vous savez bien ce que c'est qu'un jeune homme. »

Elle répondit : « Je sais que je ne veux pas de créatures chez moi, entendez-vous. Je sais que je ferai respecter mon toit, et la réputation de ma maison, entendez-vous ? Je sais... »

Elle parla pendant vingt minutes au moins, accumulant les raisons sur les indignations, m'accablant sous l'honorabilité de sa *maison*, me lardant de reproches mordants.

Moi (l'homme est un singulier animal), au lieu de l'écouter, je la regardais. Je n'entendais plus un mot, mais plus un mot. Elle avait une poitrine superbe, la gaillarde, ferme, blanche et grasse, un peu grosse peut-être, mais tentante à faire passer des frissons dans le dos. Je ne me serais jamais douté vraiment qu'il y eût de pareilles choses sous la robe de laine de la patronne. Elle semblait rajeunie de dix ans, en déshabillé. Et voilà que je me sentais tout drôle, tout... Comment dirai-je ?... tout remué. Je retrouvais brusquement devant elle ma situation... interrompue un quart d'heure plus tôt dans ma chambre.

Et, derrière elle, là-bas, dans l'alcôve, je regardais son lit. Il était entrouvert, écrasé, montrant, par le trou creusé dans les draps, la pesée du corps qui s'était couché là. Et je pensais qu'il devait faire très bon et très chaud là-dedans, plus chaud que dans un autre lit. Pourquoi plus chaud ? Je n'en sais rien, sans doute à cause de l'opulence des chairs qui s'y étaient reposées.

Quoi de plus troublant et de plus charmant qu'un lit défait ? Celui-là me grisait, de loin, me faisait courir des frémissements sur la peau.

Elle parlait toujours, mais doucement maintenant, elle parlait en amie rude et bienveillante qui ne demande plus qu'à pardonner.

Je balbutiai : « Voyons... voyons... madame Kergaran... voyons... » Et comme elle s'était tue pour attendre ma réponse, je la saisis dans mes deux bras et je me mis à l'embrasser, mais à l'embrasser, comme un affamé, comme un homme qui attend ça depuis longtemps.

Elle se débattait, tournait la tête, sans se fâcher trop fort, répétant machinalement selon son habitude : « Oh ! la canaille... la canaille... la ca... »

Elle ne put pas achever le mot, je l'avais enlevée d'un effort, et je l'emportais, serrée contre moi. On est rudement vigoureux, allez, en certains moments !

Je rencontrai le bord du lit, et je tombai dessus sans la lâcher...

Il y faisait en effet fort bon et fort chaud dans son lit.

Une heure plus tard, la bougie s'étant éteinte, la patronne se leva pour allumer l'autre. Et comme elle revenait se glisser à mon côté, enfonçant sous les draps sa jambe ronde et forte, elle prononça d'une voix câline, satisfaite, reconnaissante peut-être : « Oh !... la canaille !... la canaille !... »

Idylle

À Maurice Leloir[1]

Le train venait de quitter Gênes, allant vers Marseille et suivant les longues ondulations de la côte rocheuse, glissant comme un serpent de fer entre la mer et la montagne, rampant sur les plages de sable jaune que les petites vagues bordaient d'un filet d'argent, et entrant brusquement dans la gueule noire des tunnels ainsi qu'une bête en son trou.

Dans le dernier wagon du train, une grosse femme et un jeune homme demeuraient face à face, sans parler, et se regardant par moments. Elle avait peut-être vingt-cinq ans ; et, assise près de la portière, elle contemplait le paysage.

1. Maurice Leloir (1853-1940). C'est dans son atelier que se firent les répétitions et les représentations (auxquelles assistèrent Flaubert et Tourgueniev) d'*À la feuille de rose*, « pièce absolument lubrique ». Il avait exécuté les décors et tenait le rôle du garçon de la maison close, ancien séminariste.

C'était une forte paysanne piémontaise, aux yeux noirs, à la poitrine volumineuse, aux joues charnues. Elle avait poussé plusieurs paquets sous la banquette de bois, gardant sur ses genoux un panier.

Lui, il avait environ vingt ans ; il était maigre, hâlé, avec ce teint noir des hommes qui travaillent la terre au grand soleil. Près de lui, dans un mouchoir, toute sa fortune : une paire de souliers, une chemise, une culotte et une veste. Sous le banc il avait aussi caché quelque chose : une pelle et une pioche attachées ensemble au moyen d'une corde. Il allait chercher du travail en France.

Le soleil, montant au ciel, versait sur la côte une pluie de feu ; c'était vers la fin de mai, et des odeurs délicieuses voltigeaient, pénétraient dans les wagons dont les vitres demeuraient baissées. Les orangers et les citronniers en fleur, exhalant dans le ciel tranquille leurs parfums sucrés, si doux, si forts, si troublants, les mêlaient au souffle des roses poussées partout comme des herbes, le long de la voie, dans les riches jardins, devant les portes des masures et dans la campagne aussi.

Elles sont chez elles, sur cette côte, les roses ! Elles emplissent le pays de leur arôme puissant et léger, elles font de l'air une friandise, quelque chose de plus savoureux que le vin et d'enivrant comme lui.

Le train allait lentement, comme pour s'attarder dans ce jardin, dans cette mollesse. Il s'arrêtait à tout moment, aux petites gares, devant quelques maisons blanches, puis repartait de son allure calme, après avoir longtemps sifflé. Personne ne montait dedans. On eût dit que le monde entier somnolait, ne pouvait se décider à changer de place par cette chaude matinée de printemps.

La grosse femme, de temps en temps, fermait les yeux, puis les rouvrait brusquement, alors que son panier glissait sur ses genoux, prêt à tomber. Elle le rattrapait d'un geste vif, regardait dehors quelques minutes, puis s'assoupissait de nouveau. Des gouttes de sueur perlaient sur son front, et elle respirait avec peine, comme si elle eût souffert d'une oppression pénible.

Le jeune homme avait incliné sa tête et dormait du fort sommeil des rustres.

Tout à coup, au sortir d'une petite gare, la paysanne parut se réveiller, et, ouvrant son panier, elle en tira un morceau de pain, des œufs durs, une fiole de vin et des prunes, de belles prunes rouges ; et elle se mit à manger.

L'homme s'était à son tour brusquement réveillé et il la regardait, il regardait chaque bouchée aller des genoux à la bouche. Il demeurait les bras croisés, les yeux fixes, les joues creuses, les lèvres closes.

Elle mangeait en grosse femme goulue, buvant à tout instant une gorgée de vin pour faire passer les œufs, et elle s'arrêtait pour souffler un peu.

Elle fit tout disparaître, le pain, les œufs, les prunes, le vin. Et dès qu'elle eut achevé son repas, le garçon referma les yeux. Alors, se sentant un peu gênée, elle desserra son corsage, et l'homme soudain regarda de nouveau.

Elle ne s'en inquiéta pas, continuant à déboutonner sa robe, et la forte pression de ses seins écartait l'étoffe, montrant, entre les deux, par la fente qui grandissait, un peu de linge blanc et un peu de peau.

La paysanne, quand elle se trouva plus à son aise, prononça en italien : « Il fait si chaud qu'on ne respire plus. »

Le jeune homme répondit dans la même langue et avec la même prononciation : « C'est un beau temps pour voyager. »

Elle demanda : « Vous êtes du Piémont ?

— Je suis d'Asti.

— Moi de Casale. »

Ils étaient voisins. Ils se mirent à causer.

Ils dirent les longues choses banales que répètent sans cesse les gens du peuple et qui suffisent à leur esprit lent et sans horizon. Ils parlèrent du pays. Ils avaient des connaissances communes. Ils citèrent des noms, devenant amis à mesure qu'ils découvraient une nouvelle personne qu'ils avaient vue tous les deux. Les mots rapides, pressés, sortaient de leurs bouches avec leurs terminaisons sonores et leur chanson italienne. Puis ils s'informèrent d'eux-mêmes.

Elle était mariée ; elle avait déjà trois enfants laissés en garde à sa sœur, car elle avait trouvé une place de nourrice, une bonne place chez une dame française, à Marseille.

Lui, il cherchait du travail. On lui avait dit qu'il en trouverait aussi par là, car on bâtissait beaucoup.

Puis ils se turent.

La chaleur devenait terrible, tombant en pluie sur le toit des wagons. Un nuage de poussière voltigeait derrière le train, pénétrait dedans ; et les parfums des orangers et des roses prenaient une saveur plus intense, semblaient s'épaissir, s'alourdir.

Les deux voyageurs s'endormirent de nouveau.

Ils rouvrirent les yeux presque en même temps. Le soleil s'abaissait vers la mer, illuminant sa nappe bleue d'une averse de clarté. L'air, plus frais, paraissait plus léger.

La nourrice haletait, le corsage ouvert, les joues molles, les yeux ternes ; et elle dit, d'une voix accablée :

« Je n'ai pas donné le sein depuis hier ; me voilà étourdie comme si j'allais m'évanouir. »

Il ne répondit pas, ne sachant que dire. Elle

reprit : « Quand on a du lait comme moi, il faut donner le sein trois fois par jour, sans ça on se trouve gênée. C'est comme un poids que j'aurais sur le cœur ; un poids qui m'empêche de respirer et qui me casse les membres. C'est malheureux d'avoir du lait tant que ça. »

Il prononça : « Oui. C'est malheureux. Ça doit vous tracasser. »

Elle semblait bien malade en effet, accablée et défaillante. Elle murmura : « Il suffit de presser dessus pour que le lait sorte comme d'une fontaine. C'est vraiment curieux à voir. On ne le croirait pas. À Casale, tous les voisins venaient me regarder. »

Il dit : « Ah ! vraiment.

— Oui, vraiment. Je vous le montrerais bien, mais cela ne me servirait de rien. On n'en fait pas sortir assez de cette façon. »

Et elle se tut.

Le convoi s'arrêtait à une halte. Debout, près d'une barrière, une femme tenait en ses bras un jeune enfant qui pleurait. Elle était maigre et déguenillée.

La nourrice la regardait. Elle dit d'un ton compatissant : « En voilà une encore que je pourrais soulager. Et le petit aussi pourrait me soulager. Tenez, je ne suis pas riche, puisque je quitte ma maison, et mes gens, et mon chéri dernier pour me mettre en place ; mais je donnerais encore bien cinq francs pour avoir cet enfant-là dix minutes et lui donner le sein. Ça le calmerait et moi donc. Il me semble que je renaîtrais. »

Elle se tut encore. Puis elle passa plusieurs fois sa main brûlante sur son front où coulait la sueur. Et elle gémit : « Je ne peux plus tenir. Il me semble que je vais mourir. » Et, d'un geste inconscient, elle ouvrit tout à fait sa robe.

Le sein de droite apparut, énorme, tendu, avec sa fraise brune. Et la pauvre femme geignait : « Ah ! mon Dieu ! ah ! mon Dieu ! Qu'est-ce que je vais faire ? »

Le train s'était remis en marche et continuait sa route au milieu des fleurs qui exhalaient leur haleine pénétrante des soirées tièdes. Quelquefois, un bateau de pêche semblait endormi sur la mer bleue, avec sa voile blanche immobile, qui se reflétait dans l'eau comme si une autre barque se fût trouvée la tête en bas.

Le jeune homme, troublé, balbutia : « Mais... madame... je pourrais vous... vous soulager. »

Elle répondit d'une voix brisée : « Oui, si vous voulez. Vous me rendrez bien service. Je ne puis plus tenir, je ne puis plus. »

Il se mit à genoux devant elle ; et elle se pencha vers lui, portant vers sa bouche, dans un geste de nourrice, le bout foncé de son sein. Dans le mouvement qu'elle fit en le prenant de ses deux mains pour le tendre vers cet homme, une goutte de lait apparut au sommet. Il la but vivement, saisissant comme un fruit cette lourde mamelle entre ses lèvres. Et il se mit à téter d'une façon goulue et régulière.

Il avait passé ses deux bras autour de la taille de la femme, qu'il serrait pour l'approcher de lui ; et il buvait à lentes gorgées avec un mouvement de cou, pareil à celui des enfants.

Soudain elle dit : « En voilà assez pour celui-là, prenez l'autre maintenant. »

Et il prit l'autre avec docilité.

Elle avait posé ses deux mains sur le dos du jeune homme, et elle respirait maintenant avec force, avec bonheur, savourant les haleines des fleurs mêlées aux souffles d'air que le mouvement du train jetait dans les wagons.

Elle dit : « Ça sent bien bon par ici. »

Il ne répondit pas, buvant toujours à cette source de chair, et fermant les yeux comme pour mieux goûter.

Mais elle l'écarta doucement :

« En voilà assez. Je me sens mieux. Ça m'a remis l'âme dans le corps. »

Il s'était relevé, essuyant sa bouche d'un revers de main.

Elle lui dit, en faisant rentrer dans sa robe les deux gourdes vivantes qui gonflaient sa poitrine :

« Vous m'avez rendu un fameux service. Je vous remercie bien, monsieur. »

Et il répondit d'un ton reconnaissant :

« C'est moi qui vous remercie, madame, voilà deux jours que je n'avais rien mangé ! »

Les Épingles

« Ah ! mon cher, quelles rosses, les femmes !

— Pourquoi dis-tu ça ?

— C'est qu'elles m'ont joué un tour abominable.

— À toi ?

— Oui, à moi.

— Les femmes, ou une femme ?

— Deux femmes.

— Deux femmes en même temps ?

— Oui.

— Quel tour ? »

Les deux jeunes gens étaient assis devant un grand café du boulevard et buvaient des liqueurs mélangées d'eau, ces apéritifs qui ont l'air d'infusions faites avec toutes les nuances d'une boîte d'aquarelle.

Ils avaient à peu près le même âge : vingt-cinq à trente ans. L'un était blond et l'autre brun. Ils avaient la demi-élégance des coulissiers, des hommes qui vont à la Bourse et dans les salons, qui fréquentent partout, vivent partout, aiment partout. Le brun reprit :

« Je t'ai dit ma liaison, n'est-ce pas, avec cette petite bourgeoise rencontrée sur la plage de Dieppe ?

— Oui.

— Mon cher, tu sais ce que c'est. J'avais une maîtresse à Paris, une que j'aime infiniment, une vieille amie, une bonne amie, une habitude enfin, et j'y tiens.

— À ton habitude ?

— Oui, à mon habitude et à elle. Elle est mariée aussi avec un brave homme, que j'aime beaucoup également, un bon garçon très cordial, un vrai camarade ! Enfin c'est une maison où j'avais logé ma vie.

— Eh bien ?

— Eh bien ! ils ne peuvent pas quitter Paris, ceux-là, et je me suis trouvé veuf à Dieppe.

— Pourquoi allais-tu à Dieppe ?

— Pour changer d'air. On ne peut pas rester tout le temps sur le boulevard.

— Alors ?

— Alors j'ai rencontré sur la plage la petite dont je t'ai parlé.

— La femme du chef de bureau ?

— Oui. Elle s'ennuyait beaucoup. Son mari, d'ailleurs, ne venait que tous les dimanches, et il est affreux. Je la comprends joliment. Donc, nous avons ri et dansé ensemble.

— Et le reste ?

— Oui, plus tard. Enfin, nous nous sommes rencontrés, nous nous sommes plu, je le lui ai dit, elle me l'a fait répéter pour mieux comprendre, et elle n'y a pas mis d'obstacle.

— L'aimais-tu ?

— Oui, un peu ; elle est très gentille.

— Et l'autre ?

— L'autre était à Paris ! Enfin, pendant six semaines, ç'a été très bien et nous sommes rentrés ici dans les meilleurs termes. Est-ce que tu sais rompre avec une femme, toi, quand cette femme n'a pas un tort à ton égard ?

— Oui, très bien.

— Comment fais-tu ?

— Je la lâche.

— Mais comment t'y prends-tu pour la lâcher ?

— Je ne vais plus chez elle.

— Mais si elle vient chez toi ?

— Je... n'y suis pas.

— Et si elle revient ?

— Je lui dis que je suis indisposé.

— Si elle te soigne ?

— Je... je lui fais une crasse.

— Si elle l'accepte ?

— J'écris des lettres anonymes à son mari pour qu'il la surveille les jours où je l'attends.

— Ça c'est grave ! Moi je n'ai pas de résistance. Je ne sais pas rompre. Je les collectionne. Il y en a que je ne vois plus qu'une fois par an, d'autres tous les dix mois, d'autres au moment du terme, d'autres les jours où elles ont envie de dîner au cabaret. Celles que j'ai espacées ne me gênent pas, mais j'ai souvent bien du mal avec les nouvelles pour les distancer un peu.

— Alors...

— Alors, mon cher, la petite ministère était tout feu, tout flamme, sans un tort, comme je te l'ai dit ! Comme son mari passe tous ses jours au bureau, elle se mettait sur le pied d'arriver chez moi à l'improviste. Deux fois elle a failli rencontrer mon habitude.

— Diable !

— Oui. Donc, j'ai donné à chacune ses jours, des jours fixes pour éviter les confusions. Lundi et samedi à l'ancienne. Mardi, jeudi et dimanche à la nouvelle.

— Pourquoi cette préférence ?

— Ah ! mon cher, elle est plus jeune.

— Ça ne te faisait que deux jours de repos par semaine.

— Ça me suffit.

— Mes compliments !

— Or, figure-toi qu'il m'est arrivé l'histoire la plus ridicule du monde et la plus embêtante. Depuis quatre mois tout allait parfaitement ; je dormais sur mes deux oreilles et j'étais vraiment très heureux quand soudain, lundi dernier, tout craque.

« J'attendais mon habitude à l'heure dite, une heure un quart, en fumant un bon cigare.

« Je rêvassais, très satisfait de moi, quand je m'aperçus que l'heure était passée. Je fus surpris car elle est très exacte. Mais je crus à un petit retard accidentel. Cependant une demi-heure se passe, puis une heure, une heure et demie et je compris qu'elle avait été retenue par une cause quelconque, une migraine peut-être ou un importun. C'est très ennuyeux ces choses-là, ces attentes... inutiles, très ennuyeux et très énervant. Enfin, j'en pris mon parti, puis je sortis et, ne sachant que faire, j'allai chez elle.

« Je la trouvai en train de lire un roman.

« "Eh bien ?" lui dis-je.

« Elle répondit tranquillement :

« "Mon cher, je n'ai pas pu, j'ai été empêchée.

« — Par quoi ?

« — Par des... occupations.

« — Mais... quelles occupations ?

« — Une visite très ennuyeuse."

« Je pensai qu'elle ne voulait pas me dire la vraie raison, et, comme elle était très calme, je ne m'en inquiétai pas davantage. Je comptais rattraper le temps perdu, le lendemain, avec l'autre.

« Le mardi donc, j'étais très... très ému et très amoureux en expectative, de la petite ministère, et même étonné qu'elle ne devançât pas l'heure convenue. Je regardais la pendule à tout moment, suivant l'aiguille avec impatience.

« Je la vis passer le quart, puis la demie, puis deux heures... Je ne tenais plus en place, traversant à grandes enjambées ma chambre, collant mon front à la fenêtre et mon oreille contre la porte pour écouter si elle ne montait pas l'escalier.

« Voici deux heures et demie, puis trois heures ! Je saisis mon chapeau et je cours chez elle. Elle lisait, mon cher, un roman !

« "Eh bien ?" lui dis-je avec anxiété.

« Elle répondit, aussi tranquillement que mon habitude :

« "Mon cher, je n'ai pas pu, j'ai été empêchée.

« — Par quoi ?

« — Par... des occupations.

« — Mais... quelles occupations ?

« — Une visite ennuyeuse."

« Certes, je supposai immédiatement qu'elles savaient tout ; mais elle semblait pourtant si placide, si paisible que je finis par rejeter mon soupçon, par croire à une coïncidence bizarre, ne pouvant imaginer une pareille dissimulation de sa part. Et après une heure de causerie amicale, coupée d'ailleurs par vingt entrées de sa petite fille, je dus m'en aller fort embêté.

« Et figure-toi que le lendemain...

— Ç'a été la même chose ?

— Oui... et le lendemain encore. Et ça a duré ainsi trois semaines, sans une explication, sans que rien me révélât cette conduite bizarre dont cependant je soupçonnais le secret.

— Elles savaient tout ?

— Parbleu. Mais comment ? Ah ! j'en ai eu du tourment avant de l'apprendre.

— Comment l'as-tu su enfin ?

— Par lettres. Elles m'ont donné, le même jour, dans les mêmes termes, mon congé définitif.

— Et ?

— Et voici... Tu sais, mon cher, que les femmes ont toujours sur elles une armée d'épingles. Les épingles à cheveux, je les connais, je m'en méfie, et j'y veille, mais les autres sont bien plus perfides, ces sacrées petites épingles à tête noire qui nous semblent toutes pareilles, à nous grosses bêtes que nous sommes, mais qu'elles distinguent, elles, comme nous distinguons un cheval d'un chien.

« Or, il paraît qu'un jour ma petite ministère avait laissé une de ces machines révélatrices piquée dans ma tenture, près de ma glace.

« Mon habitude, du premier coup, avait aperçu sur l'étoffe ce petit point noir gros comme une puce, et sans rien dire l'avait cueilli, puis avait laissé à la même place une de ses épingles à elle, noire aussi, mais d'un modèle différent.

« Le lendemain, la ministère voulut reprendre son bien, et reconnut aussitôt la substitution ; alors un soupçon lui vint, et elle en mit deux, en les croisant.

« L'habitude répondit à ce signe télégraphique par trois boules noires, l'une sur l'autre.

« Une fois ce commerce commencé, elles continuèrent à communiquer, sans se rien dire, seulement pour s'épier. Puis il paraît que l'habitude, plus hardie, enroula le long de la petite pointe d'acier un mince papier où elle avait écrit : "Poste restante, boulevard Malesherbes, C.D."

« Alors, elles s'écrivirent. J'étais perdu. Tu comprends que ça n'a pas été tout seul entre elles. Elles y allaient avec précaution, avec mille ruses, avec toute la prudence qu'il faut en pareil cas. Mais l'habitude fit un coup d'audace et donna un rendez-vous à l'autre.

« Ce qu'elles se sont dit, je l'ignore ! Je sais seulement que j'ai fait les frais de leur entretien. Et voilà !

— C'est tout ?

— Oui.

— Tu ne les vois plus ?

— Pardon, je les vois encore comme ami ; nous n'avons pas rompu tout à fait.

— Et elles, se sont-elles revues ?

— Oui, mon cher, elles sont devenues intimes.

— Tiens, tiens. Et ça ne te donne pas une idée, ça ?

— Non, quoi ?

— Grand serin, l'idée de leur faire repiquer des épingles doubles ? »

Allouma

I

Un de mes amis m'avait dit : « Si tu passes par hasard aux environs de Bordj-Ebbaba, pendant ton voyage en Algérie, va donc voir mon ancien camarade Auballe, qui est colon là-bas. »

J'avais oublié le nom d'Auballe et le nom d'Ebbaba et je ne songeais guère à ce colon, quand j'arrivai chez lui, par pur hasard.

Depuis un mois je rôdais à pied par toute cette région magnifique qui s'étend d'Alger à Cherchell, Orléansville et Tiaret. Elle est en même temps boisée et nue, grande et intime. On rencontre, entre deux monts, des forêts de pins profondes en des vallées étroites où roulent des torrents en hiver. Des arbres énormes tombés sur le ravin servent de pont aux Arabes, et aussi aux lianes qui s'enroulent aux troncs morts et les parent d'une vie nouvelle. Il y a des creux, en des plis inconnus de montagne, d'une beauté terrifiante, et des bords de ruisselets, plats et couverts de lauriers-roses, d'une inimaginable grâce.

Mais ce qui m'a laissé au cœur les plus chers souvenirs en cette excursion, ce sont les marches de l'après-midi le long des chemins un peu boisés sur ces ondulations des côtes d'où l'on domine un immense pays onduleux et roux depuis la mer bleuâtre jusqu'à la chaîne de l'Ouarsenis qui porte sur ses faîtes la forêt de cèdres de Teniet-el-Haad.

Ce jour-là je m'égarai. Je venais de gravir un sommet, d'où j'avais aperçu, au-dessus d'une série de collines, la longue plaine de la Mitidja, puis par-derrière, sur la crête d'une autre chaîne, dans un lointain presque invisible, l'étrange monument qu'on nomme le Tombeau de la Chrétienne, sépulture d'une famille de rois de Mauritanie, dit-on. Je redescendais, allant vers le Sud, découvrant devant moi jusqu'aux cimes dressées sur le ciel clair, au seuil du désert, une contrée bosselée, soulevée et fauve, fauve comme si toutes ces collines étaient recouvertes de peaux de lion cousues ensemble. Quelquefois, au milieu d'elles, une bosse plus haute se dressait pointue et jaune, pareille au dos broussailleux d'un chameau.

J'allais à pas rapides, léger, comme on l'est en suivant les sentiers tortueux sur les pentes d'une montagne. Rien ne pèse, en ces courses alertes dans l'air vif des hauteurs, rien ne pèse, ni le corps, ni le cœur, ni les pensées, ni même les soucis. Je n'avais plus rien en moi, ce jour-là, de tout ce qui écrase et torture notre vie, rien que la joie de cette descente. Au loin, j'apercevais des campements arabes, tentes brunes, pointues, accrochées au sol comme les coquilles de mer sur les rochers, ou bien des gourbis, huttes de branches d'où sortait une fumée grise. Des formes blanches, hommes ou femmes, erraient autour à pas lents ; et les clochettes des troupeaux tintaient vaguement dans l'air du soir.

Les arbousiers sur ma route se penchaient, étrangement chargés de leurs fruits de pourpre qu'ils répandaient dans le chemin. Ils avaient l'air d'arbres martyrs d'où coulait une sueur sanglante, car au bout de chaque branchette pendait une graine rouge comme une goutte de sang.

Le sol, autour d'eux, était couvert de cette pluie suppliciale, et le pied écrasant les arbouses laissait par terre des traces de meurtre. Parfois, d'un bond, en passant, je cueillais les plus mûres pour les manger.

Tous les vallons à présent se remplissaient d'une vapeur blonde qui s'élevait lentement comme la buée des flancs d'un bœuf ; et sur la chaîne des monts qui fermaient l'horizon, à la frontière du Sahara, flamboyait un ciel de Missel. De longues traînées d'or alternaient avec des

traînées de sang — encore du sang ! du sang et
de l'or, toute l'histoire humaine — et parfois
entre elles s'ouvrait une trouée mince sur un
azur verdâtre, infiniment lointain comme le
rêve.

Oh ! que j'étais loin, que j'étais loin de toutes
les choses et de toutes les gens dont on s'occupe autour des boulevards, loin de moi-même
aussi, devenu une sorte d'être errant, sans
conscience, et sans pensée, un œil qui passe,
qui voit, qui aime voir, loin encore de ma route
à laquelle je ne songeais plus, car aux approches de la nuit je m'aperçus que j'étais perdu.

L'ombre tombait sur la terre comme une
averse de ténèbres, et je ne découvrais rien
devant moi que la montagne à perte de vue. Des
tentes apparurent dans un vallon, j'y descendis
et j'essayai de faire comprendre au premier
Arabe rencontré la direction que je cherchais.

M'a-t-il deviné ? je l'ignore ; mais il me répondit longtemps, et moi je ne compris rien. J'allais, par désespoir, me décider à passer la nuit,
roulé dans un tapis, auprès du campement,
quand je crus reconnaître, parmi les mots bizarres qui sortaient de sa bouche, celui de Bordj-
Ebbaba.

Je répétai : « Bordj-Ebbaba. — Oui, oui. »

Et je lui montrai deux francs, une fortune. Il
se mit à marcher, je le suivis. Oh ! je suivis longtemps, dans la nuit profonde, ce fantôme pâle

qui courait pieds nus devant moi par les sentiers pierreux où je trébuchais sans cesse.

Soudain une lumière brilla. Nous arrivions devant la porte d'une maison blanche, sorte de fortin aux murs droits et sans fenêtres extérieures. Je frappai, des chiens hurlèrent au-dedans. Une voix française demanda : « Qui est là ? »

Je répondis :

« Est-ce ici que demeure M. Auballe ?

— Oui. »

On m'ouvrit, j'étais en face de M. Auballe lui-même, un grand garçon blond, en savates, pipe à la bouche, avec l'air d'un hercule bon enfant.

Je me nommai ; il tendit ses deux mains en disant : « Vous êtes chez vous, monsieur. »

Un quart d'heure plus tard je dînais avidement en face de mon hôte qui continuait à fumer.

Je savais son histoire. Après avoir mangé beaucoup d'argent avec les femmes, il avait placé son reste en terres algériennes, et planté des vignes.

Les vignes marchaient bien ; il était heureux, et il avait en effet l'air calme d'un homme satisfait. Je ne pouvais comprendre comment ce Parisien, ce fêteur, avait pu s'accoutumer à cette vie monotone, dans cette solitude, et je l'interrogeai.

« Depuis combien de temps êtes-vous ici ?

— Depuis neuf ans.

— Et vous n'avez pas d'atroces tristesses ?

— Non, on se fait à ce pays, et puis on finit par l'aimer. Vous ne sauriez croire comme il prend les gens par un tas de petits instincts animaux que nous ignorons en nous. Nous nous y attachons d'abord par nos organes à qui il donne des satisfactions secrètes que nous ne raisonnons pas. L'air et le climat font la conquête de notre chair, malgré nous, et la lumière gaie dont il est inondé tient l'esprit clair et content, à peu de frais. Elle entre en nous à flots, sans cesse, par les yeux, et on dirait vraiment qu'elle lave tous les coins sombres de l'âme.

— Mais les femmes ?

— Ah !... ça manque un peu !

— Un peu seulement ?

— Mon Dieu, oui... un peu. Car on trouve toujours, même dans les tribus, des indigènes complaisants qui pensent aux nuits du Roumi. »

Il se tourna vers l'Arabe qui me servait, un grand garçon brun dont l'œil noir luisait sous le turban, et il lui dit :

« Va-t'en, Mohammed, je t'appellerai quand j'aurai besoin de toi. »

Puis, à moi :

« Il comprend le français et je vais vous conter une histoire où il joue un grand rôle. »

L'homme étant parti, il commença :

*

J'étais ici depuis quatre ans environ, encore
peu installé, à tous égards, dans ce pays dont je
commençais à balbutier la langue, et obligé
pour ne pas rompre tout à fait avec des passions
qui m'ont été fatales d'ailleurs, de faire à Alger
un voyage de quelques jours, de temps en
temps.

J'avais acheté cette ferme, ce bordj, ancien
poste fortifié, à quelques centaines de mètres
du campement indigène dont j'emploie les
hommes à mes cultures. Dans cette tribu, frac-
tion des Oulad-Taadja, je choisis en arrivant,
pour mon service particulier, un grand garçon,
celui que vous venez de voir, Mohammed ben
Lam'har, qui me fut bientôt extrêmement
dévoué. Comme il ne voulait pas coucher dans
une maison dont il n'avait point l'habitude, il
dressa sa tente à quelques pas de la porte, afin
que je pusse l'appeler de ma fenêtre.

Ma vie, vous la devinez ? Tout le jour, je suivais les défrichements et les plantations, je chas-
sais un peu, j'allais dîner avec les officiers des
postes voisins, ou bien ils venaient dîner chez
moi.

Quant aux... plaisirs — je vous les ai dits.
Alger m'offrait les plus raffinés ; et de temps en
temps, un Arabe complaisant et compatissant

m'arrêtait au milieu d'une promenade pour me proposer d'amener chez moi, à la nuit, une femme de tribu. J'acceptais quelquefois, mais, le plus souvent, je refusais, par crainte des ennuis que cela pouvait me créer.

Et, un soir, en rentrant d'une tournée dans les terres, au commencement de l'été, ayant besoin de Mohammed, j'entrai dans sa tente sans l'appeler. Cela m'arrivait à tout moment.

Sur un de ces grands tapis rouges en haute laine du Djebel-Amour, épais et doux comme des matelas, une femme, une fille, presque nue, dormait, les bras croisés sur ses yeux. Son corps blanc, d'une blancheur luisante sous le jet de lumière de la toile soulevée, m'apparut comme un des plus parfaits échantillons de la race humaine que j'eusse vus. Les femmes sont belles par ici, grandes, et d'une rare harmonie de traits et de lignes.

Un peu confus, je laissai retomber le bord de la tente et je rentrai chez moi.

J'aime les femmes ! L'éclair de cette vision m'avait traversé et brûlé, ranimant en mes veines la vieille ardeur redoutable à qui je dois d'être ici. Il faisait chaud, c'était en juillet, et je passai presque toute la nuit à ma fenêtre, les yeux sur la tache sombre que faisait à terre la tente de Mohammed.

Quand il entra dans ma chambre, le lendemain, je le regardai bien en face, et il baissa la tête comme un homme confus, coupable. Devinait-il ce que je savais ?

Je lui demandai brusquement :

« Tu es donc marié, Mohammed ? »

Je le vis rougir et il balbutia :

« Non, moussié ! »

Je le forçais à parler français et à me donner des leçons d'arabe, ce qui produisait souvent une langue intermédiaire des plus incohérentes.

Je repris :

« Alors, pourquoi y a-t-il une femme chez toi ? »

Il murmura :

« Il est du Sud.

— Ah ! elle est du Sud. Cela ne m'explique pas comment elle se trouve sous ta tente. »

Sans répondre à ma question, il reprit :

« Il est très joli.

— Ah ! vraiment. Eh bien, une autre fois, quand tu recevras comme ça une très jolie femme du Sud, tu auras soin de la faire entrer dans mon gourbi et non dans le tien. Tu entends, Mohammed ? »

Il répondit avec un grand sérieux :

« Oui, moussié. »

J'avoue que pendant toute la journée je demeurai sous l'émotion agressive du souvenir de cette fille arabe étendue sur un tapis rouge ; et, en rentrant, à l'heure du dîner, j'eus une forte envie de traverser de nouveau la tente de

Mohammed. Durant la soirée, il fit son service comme toujours, tournant autour de moi avec sa figure impassible, et je faillis plusieurs fois lui demander s'il allait garder longtemps sous son toit de poil de chameau cette demoiselle du Sud, qui était très jolie.

Vers neuf heures, toujours hanté par ce goût de la femme, qui est tenace comme l'instinct de chasse chez les chiens, je sortis pour prendre l'air et pour rôder un peu dans les environs du cône de toile brune à travers laquelle j'apercevais le point brillant d'une lumière.

Puis je m'éloignai, pour n'être pas surpris par Mohammed dans les environs de son logis.

En rentrant, une heure plus tard, je vis nettement son profil à lui, sous sa tente. Puis ayant tiré ma clef de ma poche, je pénétrai dans le bordj où couchaient, comme moi, mon intendant, deux laboureurs de France et une vieille cuisinière cueillie à Alger.

Je montai mon escalier et je fus surpris en remarquant un filet de clarté sous ma porte. Je l'ouvris, et j'aperçus en face de moi, assise sur une chaise de paille à côté de la table où brûlait une bougie, une fille au visage d'idole, qui semblait m'attendre avec tranquillité, parée de tous les bibelots d'argent que les femmes du Sud portent aux jambes, aux bras, sur la gorge et jusque sur le ventre. Ses yeux agrandis par le khôl jetaient sur moi un large regard ; et quatre petits signes bleus finement tatoués sur la chair étoilaient son front, ses joues et son menton. Ses bras, chargés d'anneaux, reposaient sur ses cuisses que recouvrait, tombant des épaules, une sorte de gebba de soie rouge dont elle était vêtue.

En me voyant entrer, elle se leva et resta devant moi, debout, couverte de ses bijoux sauvages, dans une attitude de fière soumission.

« Que fais-tu ici ? lui dis-je en arabe.

— J'y suis parce qu'on m'a ordonné de venir.

— Qui te l'a ordonné ?

— Mohammed.

— C'est bon. Assieds-toi. »

Elle s'assit, baissa les yeux, et je demeurai devant elle, l'examinant.

La figure était étrange, régulière, fine et un peu bestiale, mais mystique comme celle d'un Bouddha. Les lèvres, fortes et colorées d'une sorte de floraison rouge qu'on retrouvait ailleurs sur son corps, indiquaient un léger mélange de sang noir, bien que les mains et les bras fussent d'une blancheur irréprochable.

J'hésitais sur ce que je devais faire, troublé, tenté et confus. Pour gagner du temps et me donner le loisir de la réflexion, je lui posai d'autres questions, sur son origine, son arrivée dans ce pays et ses rapports avec Mohammed. Mais elle ne répondit qu'à celles qui m'intéressaient le moins et il me fut impossible de savoir pourquoi elle était venue, dans quelle intention, sur quel ordre, depuis quand, ni ce qui s'était passé entre elle et mon serviteur.

Comme j'allais lui dire : « Retourne sous la tente de Mohammed », elle me devina peut-être, se dressa brusquement et levant ses deux bras découverts dont tous les bracelets sonores glissèrent ensemble vers ses épaules, elle croisa ses mains derrière mon cou en m'attirant avec un air de volonté suppliante et irrésistible.

Ses yeux, allumés par le désir de séduire, par ce besoin de vaincre l'homme qui rend fascinant comme celui des félins le regard impur des femmes, m'appelaient, m'enchaînaient, m'ôtaient toute force de résistance, me soulevaient d'une ardeur impétueuse. Ce fut une lutte courte, sans paroles, violente, entre les prunelles seules, l'éternelle lutte entre les deux brutes humaines, le mâle et la femelle, où le mâle est toujours vaincu.

Ses mains, derrière ma tête, m'attiraient d'une pression lente, grandissante, irrésistible comme une force mécanique, vers le sourire animal de ses lèvres rouges où je collai soudain les miennes en enlaçant ce corps presque nu et chargé d'anneaux d'argent qui tintèrent, de la gorge aux pieds, sous mon étreinte.

Elle était nerveuse, souple et saine comme une bête, avec des airs, des mouvements, des grâces et une sorte d'odeur de gazelle, qui me firent trouver à ses baisers une rare saveur inconnue, étrangère à mes sens comme un goût de fruit des tropiques.

Bientôt... je dis bientôt, ce fut peut-être aux approches du matin, je la voulus renvoyer, pensant qu'elle s'en irait ainsi qu'elle était venue, et ne me demandant pas encore ce que je ferais d'elle, ou ce qu'elle ferait de moi.

Mais dès qu'elle eut compris mon intention, elle murmura :

« Si tu me chasses, où veux-tu que j'aille maintenant ? Il faudra que je dorme sur la terre, dans la nuit. Laisse-moi me coucher sur le tapis, au pied de ton lit. »

Que pouvais-je répondre ? Que pouvais-je faire ? Je pensai que Mohammed, sans doute, regardait à son tour la fenêtre éclairée de ma chambre ; et des questions de toute nature, que je ne m'étais point posées dans le trouble des premiers instants, se formulèrent nettement.

« Reste ici, dis-je, nous allons causer. »

Ma résolution fut prise en une seconde. Puisque cette fille avait été jetée ainsi dans mes bras, je la garderais, j'en ferais une sorte de maîtresse esclave, cachée dans le fond de ma maison, à la façon des femmes des harems. Le jour où elle ne me plairait plus, il serait toujours facile de m'en défaire d'une façon quelconque, car ces créatures-là, sur le sol africain, nous appartenaient presque corps et âme.

Je lui dis :

« Je veux bien être bon pour toi. Je te traiterai de façon à ce que tu ne sois pas malheureuse, mais je veux savoir ce que tu es, et d'où tu viens. »

Elle comprit qu'il fallait parler et me conta son histoire, ou plutôt une histoire, car elle dut mentir d'un bout à l'autre, comme mentent tous les Arabes, toujours, avec ou sans motifs.

C'est là un des signes les plus surprenants et les plus incompréhensibles du caractère indigène : le mensonge. Ces hommes en qui l'islamisme s'est incarné jusqu'à faire partie d'eux, jusqu'à modeler leurs instincts, jusqu'à modifier la race entière et à la différencier des autres au moral autant que la couleur de la peau différencie le nègre du blanc, sont menteurs dans les moelles au point que jamais on ne peut se fier à leurs dires. Est-ce à leur religion qu'ils doivent cela ? Je l'ignore. Il faut avoir vécu parmi eux pour savoir combien le mensonge fait partie de leur être, de leur cœur, de leur âme, est devenu chez eux une sorte de seconde nature, une nécessité de la vie.

Elle me raconta donc qu'elle était fille d'un caïd des Ouled Sidi Cheik et d'une femme enlevée par lui dans une razzia sur les Touareg. Cette femme devait être une esclave noire, ou du moins provenir d'un premier croisement de sang arabe et de sang nègre. Les négresses, on le sait, sont fort prisées dans les harems où elles jouent le rôle d'aphrodisiaques.

Rien de cette origine d'ailleurs n'apparaissait hors cette couleur empourprée des lèvres et les fraises sombres de ses seins allongés, pointus et souples comme si des ressorts les eussent dressés. À cela, un regard attentif ne se pouvait tromper. Mais tout le reste appartenait à la belle race du Sud, blanche, svelte, dont la figure fine est faite de lignes droites et simples comme une tête d'image indienne. Les yeux très écartés augmentaient encore l'air un peu divin de cette rôdeuse du désert.

De son existence véritable, je ne sus rien de précis. Elle me la conta par détails incohérents qui semblaient surgir au hasard dans une mémoire en désordre ; et elle y mêlait des observations délicieusement puériles, toute une vision du monde nomade née dans une cervelle d'écureuil qui a sauté de tente en tente, de campement en campement, de tribu en tribu.

Et cela était débité avec l'air sévère que garde toujours ce peuple drapé, avec des mines d'idole qui potine et une gravité un peu comique.

Quand elle eut fini, je m'aperçus que je n'avais rien retenu de cette longue histoire pleine d'événements insignifiants, emmagasinés en sa légère cervelle, et je me demandai si elle ne m'avait pas berné très simplement par ce bavardage vide et sérieux qui ne m'apprenait rien sur elle ou sur aucun fait de sa vie.

Et je pensais à ce peuple vaincu au milieu duquel nous campons ou plutôt qui campe au milieu de nous, dont nous commençons à parler la langue, que nous voyons vivre chaque jour sous la toile transparente de ses tentes, à qui nous imposons nos lois, nos règlements et nos coutumes, et dont nous ignorons tout, mais tout, entendez-vous, comme si nous n'étions pas là, uniquement occupés à le regarder depuis bientôt soixante ans. Nous ne savons pas davantage ce qui se passe sous cette hutte de branches et sous ce petit cône d'étoffe cloué sur la terre avec des pieux, à vingt mètres de nos portes, que nous ne savons encore ce que font, ce que pensent, ce que sont les Arabes dits civilisés des maisons mauresques d'Alger. Derrière le mur peint à la chaux de leur demeure des villes, derrière la cloison de branches de leur gourbi, ou derrière ce mince rideau brun de poil de chameau que secoue le vent, ils vivent près de nous, inconnus, mystérieux, menteurs, sournois, soumis, souriants, impénétrables. Si je vous disais qu'en regardant de loin, avec ma jumelle, le campement voisin, je devine qu'ils ont des superstitions, des cérémonies, mille usages encore ignorés de nous, pas même soupçonnés ! Jamais peut-être un peuple conquis par la force n'a su échapper aussi complètement à la domi-

nation réelle, à l'influence morale, et à l'inves-
tigation acharnée, mais inutile du vainqueur.

Or, cette infranchissable et secrète barrière
que la nature incompréhensible a verrouillée
entre les races, je la sentais soudain, comme je
ne l'avais jamais sentie, dressée entre cette fille
arabe et moi, entre cette femme qui venait de
se donner, de se livrer, d'offrir son corps à ma
caresse et moi qui l'avais possédée.

Je lui demandai y songeant pour la première
fois :

« Comment t'appelles-tu ? »

Elle était demeurée quelques instants sans
parler et je la vis tressaillir comme si elle venait
d'oublier que j'étais là, tout contre elle. Alors,
dans ses yeux levés sur moi, je devinai que cette
minute avait suffi pour que le sommeil tombât
sur elle, un sommeil irrésistible et brusque, presque foudroyant, comme tout ce qui s'empare
des sens mobiles des femmes.

Elle répondit nonchalamment avec un bâille-
ment arrêté dans la bouche :

« Allouma. »

Je repris :

« Tu as envie de dormir ?

— Oui, dit-elle.

— Eh bien ! dors. »

Elle s'allongea tranquillement à mon côté,
étendue sur le ventre, le front posé sur ses bras
croisés, et je sentis presque tout de suite que sa

fuyante pensée de sauvage s'était éteinte dans le repos.

Moi, je me mis à rêver, couché près d'elle, cherchant à comprendre. Pourquoi Mohammed me l'avait-il donnée ? Avait-il agi en serviteur magnanime qui se sacrifie pour son maître jusqu'à lui céder la femme attirée en sa tente pour lui-même, ou bien avait-il obéi à une pensée plus complexe, plus pratique, moins généreuse en jetant dans mon lit cette fille qui m'avait plu ? L'Arabe, quand il s'agit des femmes, a toutes les rigueurs pudibondes et toutes les complaisances inavouables ; et on ne comprend guère plus sa morale rigoureuse et facile que tout le reste de ses sentiments. Peut-être avais-je devancé, en pénétrant par hasard sous sa tente, les intentions bienveillantes de ce prévoyant domestique qui m'avait destiné cette femme, son amie, sa complice, sa maîtresse aussi peut-être.

Toutes ces suppositions m'assaillirent et me fatiguèrent si bien que tout doucement je glissai à mon tour dans un sommeil profond.

Je fus réveillé par le grincement de ma porte ; Mohammed entrait comme tous les matins pour m'éveiller. Il ouvrit la fenêtre par où un flot de jour s'engouffrant éclaira sur le lit le corps d'Allouma toujours endormie, puis il ramassa sur le tapis mon pantalon, mon gilet et ma jaquette afin de les brosser. Il ne jeta pas un

regard sur la femme couchée à mon côté, ne
parut pas savoir ou remarquer qu'elle était là,
et il avait sa gravité ordinaire, la même allure,
le même visage. Mais la lumière, le mouvement,
le léger bruit des pieds nus de l'homme, la sensation de l'air pur sur la peau et dans les pou-
mons tirèrent Allouma de son engourdissement.
Elle allongea les bras, se retourna, ouvrit les
yeux, me regarda, regarda Mohammed avec la
même indifférence et s'assit. Puis elle murmura :

« J'ai faim, aujourd'hui.

— Que veux-tu manger ? demandai-je.

— Kahoua.

— Du café et du pain avec du beurre ?

— Oui. »

Mohammed, debout près de notre couche,
mes vêtements sur les bras, attendait les ordres.

« Apporte à déjeuner pour Allouma et pour
moi », lui dis-je.

Et il sortit sans que sa figure révélât le moindre étonnement ou le moindre ennui.

Quand il fut parti, je demandai à la jeune
Arabe :

« Veux-tu habiter dans ma maison ?

— Oui, je le veux bien.

— Je te donnerai un appartement pour toi
seule et une femme pour te servir.

— Tu es généreux, et je te suis reconnaissante.

— Mais si ta conduite n'est pas bonne, je te chasserai d'ici.

— Je ferai ce que tu exigeras de moi. »

Elle prit ma main et la baisa, en signe de soumission.

Mohammed rentrait, portant un plateau avec le déjeuner. Je lui dis :

« Allouma va demeurer dans la maison. Tu étaleras des tapis dans la chambre, au bout du couloir, et tu feras venir ici pour la servir la femme d'Abd-el-Kader-el-Hadara.

— Oui, moussié. »

Ce fut tout.

Une heure plus tard, ma belle Arabe était installée dans une grande chambre claire ; et comme je venais m'assurer que tout allait bien, elle me demanda, d'un ton suppliant, de lui faire cadeau d'une armoire à glace. Je promis, puis je la laissai accroupie sur un tapis du Djebel-Amour, une cigarette à la bouche, et bavardant avec la vieille Arabe que j'avais envoyé chercher, comme si elles se connaissaient depuis des années.

II

Pendant un mois, je fus très heureux avec elle et je m'attachai d'une façon bizarre à cette créature d'une autre race, qui me semblait presque d'une autre espèce, née sur une planète voisine.

Je ne l'aimais pas — non — on n'aime point les filles de ce continent primitif. Entre elles et nous, même entre elles et leurs mâles naturels, les Arabes, jamais n'éclôt la petite fleur bleue des pays du Nord. Elles sont trop près de l'animalité humaine, elles ont un cœur trop rudimentaire, une sensibilité trop peu affinée, pour éveiller dans nos âmes l'exaltation sentimentale qui est la poésie de l'amour. Rien d'intellectuel, aucune ivresse de la pensée ne se mêle à l'ivresse sensuelle que provoquent en nous ces êtres charmants et nus.

Elles nous tiennent pourtant, elles nous prennent, comme les autres, mais d'une façon différente, moins tenace, moins cruelle, moins douloureuse.

Ce que j'éprouvai pour celle-ci, je ne saurais encore l'expliquer d'une façon précise. Je vous disais tout à l'heure que ce pays, cette Afrique nue, sans arts, vide de toutes les joies intelligentes, fait peu à peu la conquête de notre chair par un charme inconnaissable et sûr, par la caresse de l'air, par la douceur constante des aurores et des soirs, par sa lumière délicieuse, par le bien-être discret dont elle baigne tous nos organes ! Eh bien ! Allouma me prit de la même façon, par mille attraits cachés, captivants et physiques, par la séduction pénétrante non point

de ses embrassements, car elle était d'une non-
chalance tout orientale, mais de ses doux aban-
dons.

Je la laissais absolument libre d'aller et de
venir à sa guise et elle passait au moins un après-
midi sur deux dans le campement voisin, au
milieu des femmes de mes agriculteurs indigènes. Souvent aussi, elle demeurait durant une
journée presque entière, à se mirer dans l'armoire à glace en acajou que j'avais fait venir de
Miliana. Elle s'admirait en toute conscience,
debout, devant la grande porte de verre où elle
suivait ses mouvements avec une attention profonde et grave. Elle marchait la tête un peu pen-
chée en arrière, pour juger ses hanches et ses
reins, tournait, s'éloignait, se rapprochait, puis,
fatiguée enfin de se mouvoir, elle s'asseyait sur
un coussin et demeurait en face d'elle-même,
les yeux dans ses yeux, le visage sévère, l'âme
noyée dans cette contemplation.

Bientôt, je m'aperçus qu'elle sortait presque
chaque jour après le déjeuner, et qu'elle dispa-
raissait complètement jusqu'au soir.

Un peu inquiet, je demandai à Mohammed
s'il savait ce qu'elle pouvait faire pendant ces
longues heures d'absence. Il répondit avec
tranquillité :

« Ne te tourmente pas, c'est bientôt le Ramadan. Elle doit aller à ses dévotions. »

Lui aussi semblait ravi de la présence d'Allouma dans la maison ; mais pas une fois je ne surpris entre eux le moindre signe un peu suspect, pas une fois, ils n'eurent l'air de se cacher de moi, de s'entendre, de me dissimuler quelque chose.

J'acceptais donc la situation telle quelle sans la comprendre, laissant agir le temps, le hasard et la vie.

Souvent, après l'inspection de mes terres, de mes vignes, de mes défrichements, je faisais à pied de grandes promenades. Vous connaissez les superbes forêts de cette partie de l'Algérie, ces ravins presque impénétrables où les sapins abattus barrent les torrents, et ces petits vallons de lauriers-roses qui, du haut des montagnes, semblent des tapis d'Orient étendus le long des cours d'eau. Vous savez qu'à tout moment, dans ces bois et sur ces côtes, où on croirait que personne jamais n'a pénétré, on rencontre tout à coup le dôme de neige d'une koubba renfermant les os d'un humble marabout, d'un marabout isolé, à peine visité de temps en temps par quelques fidèles obstinés, venus du douar voisin avec une bougie dans leur poche pour l'allumer sur le tombeau du saint.

Or, un soir, comme je rentrais, je passai auprès d'une de ces chapelles mahométanes, et ayant jeté un regard par la porte toujours ouverte, je vis qu'une femme priait devant la relique. C'était un tableau charmant, cette Arabe assise par terre, dans cette chambre déla-brée, où le vent entrait à son gré et amassait dans les coins, en tas jaunes, les fines aiguilles sèches tombées des pins. Je m'approchai pour mieux regarder, et je reconnus Allouma. Elle ne me vit pas, ne m'entendit point, absorbée tout entière par le souci du saint ; et elle par-lait, à mi-voix, elle lui parlait, se croyant bien seule avec lui, racontant au serviteur de Dieu toutes ses préoccupations. Parfois elle se taisait un peu pour méditer, pour chercher ce qu'elle avait encore à dire, pour ne rien oublier de sa provision de confidences ; et parfois aussi elle s'animait comme s'il lui eût répondu, comme s'il lui eût conseillé une chose qu'elle ne voulait point faire et qu'elle combattait avec des rai-sonnements.

Je m'éloignai, sans bruit, ainsi que j'étais venu, et je rentrai pour dîner.

Le soir, je la fis venir et je la vis entrer avec un air soucieux qu'elle n'avait point d'ordinaire.

« Assieds-toi là », lui dis-je en lui montrant sa place sur le divan, à mon côté.

Elle s'assit et comme je me penchais vers elle pour l'embrasser elle éloigna sa tête avec viva-cité.

Je fus stupéfait et je demandai :

« Eh bien, qu'y a-t-il ?

— C'est Ramadan », dit-elle.

Je me mis à rire.

« Et le Marabout t'a défendu de te laisser embrasser pendant le Ramadan ?

— Oh oui, je suis une Arabe et tu es un Roumi !

— Ce serait un gros péché ?

— Oh oui !

— Alors tu n'as rien mangé de la journée, jusqu'au coucher du soleil ?

— Non, rien.

— Mais au soleil couché tu as mangé ?

— Oui.

— Eh bien, puisqu'il fait nuit tout à fait tu ne peux pas être plus sévère pour le reste que pour la bouche. »

Elle semblait crispée, froissée, blessée et elle reprit avec une hauteur que je ne lui connaissais pas :

« Si une fille arabe se laissait toucher par un Roumi pendant le Ramadan, elle serait maudite pour toujours.

— Et cela va durer tout le mois ? »

Elle répondit avec conviction :

« Oui, tout le mois de Ramadan. »

Je pris un air irrité et je lui dis :

« Eh bien, tu peux aller le passer dans ta famille le Ramadan. »

Elle saisit mes mains et les portant sur son cœur :

« Oh ! je te prie, ne sois pas méchant, tu verras comme je serai gentille. Nous ferons Ramadan ensemble, veux-tu ? Je te soignerai, je te gâterai, mais ne sois pas méchant. »

Je ne pus m'empêcher de sourire tant elle était drôle et désolée, et je l'envoyai coucher chez elle.

Une heure plus tard, comme j'allais me mettre au lit, deux petits coups furent frappés à ma porte, si légers que je les entendis à peine.

Je criai : « Entrez » et je vis apparaître Allouma portant devant elle un grand plateau chargé de friandises arabes, de croquettes sucrées, frites et sautées, de toute une pâtisserie bizarre de nomade.

Elle riait, montrant ses belles dents, et elle répéta :

« Nous allons faire Ramadan ensemble. »

Vous savez que le jeûne, commencé à l'aurore et terminé au crépuscule, au moment où l'œil ne distingue plus un fil blanc d'un fil noir, est suivi chaque soir de petites fêtes intimes où on mange jusqu'au matin. Il en résulte que, pour les indigènes peu scrupuleux, le Ramadan consiste à faire du jour la nuit, et de la nuit le jour. Mais Allouma poussait plus loin la délicatesse de conscience. Elle installa son plateau entre nous deux, sur le divan, et prenant avec ses longs doigts minces une petite boulette poudrée, elle me la mit dans la bouche en murmurant :

« C'est bon, mange. »

Je croquai le léger gâteau qui était excellent, en effet, et je lui demandai :

« C'est toi qui as fait ça ?

— Oui, c'est moi.

— Pour moi ?

— Oui, pour toi.

— Pour me faire supporter le Ramadan ?

— Oui, ne sois pas méchant ! Je t'en apporterai tous les jours. »

Oh ! le terrible mois que je passai là ! un mois sucré, douceâtre, enrageant, un mois de gâteries et de tentations, de colères et d'efforts vains contre une invincible résistance.

Puis, quand arrivèrent les trois jours du Beïram[1], je les célébrai à ma façon et le Ramadan fut oublié.

L'été s'écoula, il fut très chaud. Vers les premiers jours de l'automne, Allouma me parut préoccupée, distraite, désintéressée de tout.

Or, un soir, comme je la faisais appeler, on ne la trouva point dans sa chambre. Je pensai qu'elle rôdait dans la maison et j'ordonnai

---

1. Beïram, ou baïram, est le nom donné aux deux principales fêtes religieuses arabes. Elles durent trois jours. Celle qui suit le ramadan, et marque la fin du jeûne, porte le nom de *Aïd-el-Séghir* ou *Aïd-el-Fitr*.

qu'on la cherchât. Elle n'était pas rentrée ;
j'ouvris la fenêtre et je criai :

« Mohammed ! »

La voix de l'homme couché sous sa tente répondit :

« Oui, moussié.

— Sais-tu où est Allouma ?

— Non, moussié — pas possible — Allouma
perdu ? »

Quelques secondes après, mon Arabe entrait
chez moi, tellement ému qu'il ne maîtrisait
point son trouble. Il demanda :

« Allouma perdu ?

— Mais oui, Allouma perdu.

— Pas possible ?

— Cherche », lui dis-je.

Il restait debout, songeant, cherchant, ne
comprenant pas. Puis il entra dans la chambre
vide où les vêtements d'Allouma traînaient, dans
un désordre oriental. Il regarda tout comme un
policier, ou plutôt il flaira comme un chien,
puis, incapable d'un long effort, il murmura
avec résignation :

« Parti, il est parti ! »

Moi je craignais un accident, une chute, une
entorse au fond d'un ravin, et je fis mettre sur
pied tous les hommes du campement avec
ordre de la chercher jusqu'à ce qu'on l'eût retrouvée.

On la chercha toute la nuit, on la chercha le lendemain, on la chercha toute la semaine. Aucune trace ne fut découverte pouvant mettre sur la piste. Moi je souffrais ; elle me manquait ; ma maison me semblait vide et mon existence déserte. Puis des idées inquiétantes me passaient par l'esprit. Je craignais qu'on l'eût enlevée, ou assassinée peut-être. Mais comme j'essayais toujours d'interroger Mohammed et de lui communiquer mes appréhensions, il répondait sans varier :

« Non, parti. »

Puis il ajoutait le mot arabe « r'ézale » qui veut dire « gazelle », comme pour exprimer qu'elle courait vite et qu'elle était loin.

Trois semaines se passèrent et je n'espérais plus revoir jamais ma maîtresse arabe, quand un matin Mohammed, les traits éclairés par la joie, entra chez moi et me dit :

« Moussié, Allouma il est revenu ! »

Je sautai du lit et je demandai :

« Où est-elle ?

— N'ose pas venir ! Là-bas, sous l'arbre ! » Et de son bras tendu, il me montrait par la fenêtre une tache blanchâtre au pied d'un olivier.

Je me levai et je sortis. Comme j'approchais de ce paquet de linge qui semblait jeté contre le tronc tordu, je reconnus les grands yeux sombres, les étoiles tatouées, la figure longue et régulière de la fille sauvage qui m'avait séduit.

À mesure que j'avançais une colère me soulevait, une envie de frapper, de la faire souffrir, de me venger.

Je criai de loin :

« D'où viens-tu ? »

Elle ne répondit pas et demeurait immobile, inerte, comme si elle ne vivait plus qu'à peine, résignée à mes violences, prête aux coups.

J'étais maintenant debout tout près d'elle, contemplant avec stupeur les haillons qui la couvraient, ces loques de soie et de laine, grises de poussière, déchiquetées, sordides.

Je répétai, la main levée comme sur un chien :

« D'où viens-tu ? »

Elle murmura :

« De là-bas !

— D'où ?

— De la tribu !

— De quelle tribu ?

— De la mienne.

— Pourquoi es-tu partie ? »

Voyant que je ne la battais point, elle s'enhardit un peu, et, à voix basse :

« Il fallait... il fallait... je ne pouvais plus vivre dans la maison. »

Je vis des larmes dans ses yeux, et tout de suite, je fus attendri comme une bête. Je me penchai vers elle, et j'aperçus, en me retournant pour m'asseoir, Mohammed qui nous épiait, de loin.

Je repris, très doucement :

« Voyons, dis-moi pourquoi tu es partie ? »

Alors elle me conta que depuis longtemps déjà elle éprouvait en son cœur de nomade l'irrésistible envie de retourner sous les tentes, de coucher, de courir, de se rouler sur le sable, d'errer, avec les troupeaux, de plaine en plaine, de ne plus sentir sur sa tête, entre les étoiles jaunes du ciel et les étoiles bleues de sa face, autre chose que le mince rideau de toile usée et recousue à travers lequel on aperçoit des grains de feu quand on se réveille dans la nuit.

Elle me fit comprendre cela en termes naïfs et puissants, si justes, que je sentis bien qu'elle ne mentait pas, que j'eus pitié d'elle, et que je lui demandai :

« Pourquoi ne m'as-tu pas dit que tu désirais t'en aller pendant quelque temps ?

— Parce que tu n'aurais pas voulu...

— Tu m'aurais promis de revenir et j'aurais consenti.

— Tu n'aurais pas cru. »

Voyant que je n'étais pas fâché, elle riait, et elle ajouta :

« Tu vois, c'est fini, je suis retournée chez moi et me voici. Il me fallait seulement quelques jours de là-bas. J'ai assez maintenant, c'est fini, c'est passé, c'est guéri. Je suis revenue, je n'ai plus mal. Je suis très contente. Tu n'es pas méchant.

— Viens à la maison », lui dis-je.

Elle se leva. Je pris sa main, sa main fine aux doigts minces ; et triomphante en ses loques, sous la sonnerie de ses anneaux, de ses bracelets, de ses colliers et de ses plaques, elle marcha gravement vers ma demeure, où nous attendait Mohammed.

Avant d'entrer, je repris :

« Allouma, toutes les fois que tu voudras retourner chez toi, tu me préviendras et je te le permettrai. »

Elle demanda, méfiante :

« Tu promets ?

— Oui, je promets.

— Moi aussi, je promets. Quand j'aurai mal — et elle posa ses deux mains sur son front avec un geste magnifique — je te dirai "Il faut que j'aille là-bas" et tu me laisseras partir. »

Je l'accompagnai dans sa chambre, suivi de Mohammed qui portait de l'eau, car on n'avait pu prévenir encore la femme d'Abd-el-Kader-el-Hadara du retour de sa maîtresse.

Elle entra, aperçut l'armoire à glace et, la figure illuminée, courut vers elle comme on s'élance vers une mère retrouvée. Elle se regarda quelques secondes, fit la moue, puis d'une voix un peu fâchée, dit au miroir :

« Attends, j'ai des vêtements de soie dans l'armoire. Je serai belle tout à l'heure. »

Et je la laissai seule, faire la coquette devant elle-même.

Notre vie recommença comme auparavant et, de plus en plus, je subissais l'attrait bizarre, tout physique, de cette fille pour qui j'éprouvais en même temps une sorte de dédain paternel.

Pendant six mois tout alla bien, puis je sentis qu'elle redevenait nerveuse, agitée, un peu triste. Je lui dis, un jour :

« Est-ce que tu veux retourner chez toi ?

— Oui, je veux.

— Tu n'osais pas me le dire ?

— Je n'osais pas.

— Va, je permets. »

Elle saisit mes mains et les baisa comme elle faisait en tous ses élans de reconnaissance, et, le lendemain, elle avait disparu.

Elle revint, comme la première fois, au bout de trois semaines environ, toujours déguenillée, noire de poussière et de soleil, rassasiée de vie nomade, de sable et de liberté. En deux ans elle retourna ainsi quatre fois chez elle.

Je la reprenais gaiement, sans jalousie, car pour moi la jalousie ne peut naître que de l'amour, tel que nous le comprenons chez nous. Certes, j'aurais fort bien pu la tuer si je l'avais surprise me trompant, mais je l'aurais tuée un peu comme on assomme, par pure violence, un chien qui désobéit. Je n'aurais pas senti ces tourments, ce feu rongeur, ce mal horrible, la jalousie du Nord. Je viens de dire que j'aurais pu la tuer comme on assomme un chien qui désobéit ! Je l'aimais en effet, un peu comme on aime un animal très rare, chien ou cheval, impossible à remplacer. C'était une bête admirable, une bête sensuelle, une bête à plaisir qui avait un corps de femme.

Je ne saurais vous exprimer quelles distances incommensurables séparaient nos âmes, bien que nos cœurs, peut-être, se fussent frôlés, échauffés l'un l'autre, par moments. Elle était quelque chose de ma maison, de ma vie, une habitude fort agréable à laquelle je tenais et qu'aimait en moi l'homme charnel, celui qui n'a que des yeux et des sens.

Or, un matin, Mohammed entra chez moi avec une figure singulière, ce regard inquiet des Arabes qui ressemble au regard fuyant d'un chat en face d'un chien.

Je lui dis, en apercevant cette figure :

« Hein ? qu'y a-t-il ?

— Allouma il est parti. »

Je me mis à rire.

« Parti, où ça ?

— Parti tout à fait, moussié !

— Comment, parti tout à fait ?

— Oui, moussié.

— Tu es fou, mon garçon ?

— Non, moussié.

— Pourquoi ça parti ? Comment ? Voyons ? Explique-toi ! »

Il demeurait immobile, ne voulant pas parler ; puis, soudain il eut une de ces explosions de colère arabe qui nous arrêtent dans les rues des villes devant deux énergumènes, dont le silence et la gravité orientales font place brusquement aux plus extrêmes gesticulations et aux vociférations les plus féroces.

Et je compris au milieu de ces cris qu'Allouma s'était enfuie avec mon berger.

Je dus calmer Mohammed et tirer de lui, un à un, des détails.

Ce fut long, j'appris enfin que depuis huit jours il épiait ma maîtresse qui avait des rendez-vous, derrière les bois de cactus voisins ou dans le ravin de lauriers-roses, avec une sorte de vagabond, engagé comme berger par mon intendant, à la fin du mois précédent.

La nuit dernière, Mohammed l'avait vue sortir sans la voir rentrer ; et il répétait, d'un air exaspéré.

« Parti, moussié, il est parti ! »

Je ne sais pourquoi, mais sa conviction, la conviction de cette fuite avec ce rôdeur, était entrée en moi, en une seconde, absolue, irrésistible. Cela était absurde, invraisemblable et certain en vertu de l'irraisonnable qui est la seule logique des femmes.

Le cœur serré, une colère dans le sang, je cherchais à me rappeler les traits de cet homme, et je me souvins tout à coup que je l'avais vu, l'autre semaine, debout sur une butte de terre, au milieu de son troupeau, et me regardant. C'était une sorte de grand Bédouin dont la couleur des membres nus se confondait avec celle des haillons, un type de brute barbare aux pommettes saillantes, au nez crochu, au menton fuyant, aux jambes sèches, une haute carcasse en guenilles avec des yeux faux de chacal.

Je ne doutais point — oui — elle avait fui avec ce gueux. Pourquoi ? Parce qu'elle était Allouma, une fille du sable. Une autre, à Paris, fille du trottoir, aurait fui avec mon cocher ou avec un rôdeur de barrière.

« C'est bon, dis-je à Mohammed. Si elle est partie, tant pis pour elle. J'ai des lettres à écrire. Laisse-moi seul. »

Il s'en alla, surpris de mon calme. Moi, je me levai, j'ouvris ma fenêtre et je me mis à respirer par grands souffles qui m'entraient au fond de la poitrine, l'air étouffant venu du Sud, car le sirocco soufflait.

Puis je pensai : « Mon Dieu, c'est une... une femme, comme bien d'autres. Sait-on... sait-on ce qui les fait agir, ce qui les fait aimer, suivre ou lâcher un homme ? »

Oui, on sait quelquefois — souvent, on ne sait pas. Par moments, on doute !

Pourquoi a-t-elle disparu avec cette brute répugnante ? Pourquoi ? Peut-être parce que depuis un mois le vent vient du Sud presque régulièrement.

Cela suffit ! un souffle ! Sait-elle, savent-elles, le plus souvent, même les plus fines et les plus compliquées, pourquoi elles agissent ? Pas plus qu'une girouette qui tourne au vent. Une brise insensible fait pivoter la flèche de fer, de cuivre, de tôle ou de bois, de même qu'une influence imperceptible, une impression insaisissable remue, et pousse aux résolutions le cœur changeant des femmes, qu'elles soient des villes, des champs, des faubourgs ou du désert.

Elles peuvent sentir, ensuite, si elles raisonnent et comprennent, pourquoi elles ont fait ceci plutôt que cela ; mais sur le moment elles l'ignorent, car elles sont les jouets de leur sensibilité à surprises, les esclaves étourdies des événements, des milieux, des émotions, des rencontres et de tous les effleurements dont tressaillent leur âme et leur chair !

*

M. Auballe s'était levé. Il fit quelques pas, me regarda, et dit en souriant :

« Voilà un amour dans le désert ! »

Je demandai :

« Si elle revenait ? »

Il murmura :

« Sale fille !... Cela me ferait plaisir tout de même.

— Et vous pardonneriez le berger ?

— Mon Dieu, oui. Avec les femmes il faut toujours pardonner... ou ignorer. »

Les Tombales

Les cinq amis achevaient de dîner, cinq hommes du monde, mûrs, riches, trois mariés, deux restés garçons. Ils se réunissaient ainsi tous les mois, en souvenir de leur jeunesse, et, après avoir dîné, ils causaient jusqu'à deux heures du matin. Restés amis intimes, et se plaisant ensemble, ils trouvaient peut-être là leurs meilleurs soirs dans la vie. On bavardait sur tout, sur tout ce qui occupe et amuse les Parisiens ; c'était entre eux, comme dans la plupart des salons d'ailleurs, une espèce de recommencement parlé de la lecture des journaux du matin.

Un des plus gais était Joseph de Bardon, célibataire et vivant la vie parisienne de la façon la plus complète et la plus fantaisiste. Ce n'était point un débauché ni un dépravé, mais un curieux, un joyeux encore jeune ; car il avait à peine quarante ans. Homme du monde dans le sens le plus large et le plus bienveillant que puisse mériter ce mot, doué de beaucoup d'es-

prit sans grande profondeur, d'un savoir varié
sans érudition vraie, d'une compréhension agile
sans pénétration sérieuse, il tirait de ses observations, de ses aventures, de tout ce qu'il voyait,
rencontrait et trouvait, des anecdotes de roman
comique et philosophique en même temps, et
des remarques humoristiques qui lui faisaient
par la ville une grande réputation d'intelligence.

C'était l'orateur du dîner. Il avait la sienne,
chaque fois, son histoire, sur laquelle on comp-
tait. Il se mit à la dire sans qu'on l'en eût prié.

Fumant, les coudes sur la table, un verre de
fine champagne à moitié plein devant son as-
siette, engourdi dans une atmosphère de tabac
aromatisée par le café chaud, il semblait chez
lui tout à fait, comme certains êtres sont chez
eux absolument, en certains lieux et en certains
moments, comme une dévote dans une chapelle, comme un poisson rouge dans son bocal.

Il dit, entre deux bouffées de fumée :

« Il m'est arrivé une singulière aventure il y a
quelque temps. »

Toutes les bouches demandèrent presque ensemble : « Racontez. »

Il reprit :

*

Volontiers. Vous savez que je me promène
beaucoup dans Paris, comme les bibelotiers qui

fouillent les vitrines. Moi je guette les spectacles, les gens, tout ce qui passe, et tout ce qui se passe.

Or, vers la mi-septembre, il faisait très beau temps à ce moment-là, je sortis de chez moi, une après-midi, sans savoir où j'irais. On a toujours un vague désir de faire une visite à une jolie femme quelconque. On choisit dans sa galerie, on les compare dans sa pensée, on pèse l'intérêt qu'elles vous inspirent, le charme qu'elles vous imposent et on se décide enfin suivant l'attraction du jour. Mais quand le soleil est très beau et l'air tiède, ils vous enlèvent souvent toute envie de visites.

Le soleil était beau, et l'air tiède ; j'allumai un cigare et je m'en allai tout bêtement sur le boulevard extérieur. Puis comme je flânais, l'idée me vint de pousser jusqu'au cimetière Montmartre et d'y entrer.

J'aime beaucoup les cimetières, moi, ça me repose et me mélancolise : j'en ai besoin. Et puis, il y a aussi de bons amis là-dedans, de ceux qu'on ne va plus voir ; et j'y vais encore, moi, de temps en temps.

Justement, dans ce cimetière Montmartre, j'ai une histoire de cœur, une maîtresse qui m'avait beaucoup pincé, très ému, une charmante petite femme dont le souvenir, en même temps qu'il me peine énormément, me donne des regrets...

des regrets de toute nature... Et je vais rêver sur
sa tombe... C'est fini pour elle.

Et puis, j'aime aussi les cimetières, parce que
ce sont des villes monstrueuses, prodigieuse-
ment habitées. Songez donc à ce qu'il y a de
morts dans ce petit espace, à toutes les géné-
rations de Parisiens qui sont logés là, pour toujours, troglodytes définitifs enfermés dans leurs
petits caveaux, dans leurs petits trous couverts
d'une pierre ou marqués d'une croix, tandis que
les vivants occupent tant de place et font tant
de bruit, ces imbéciles.

Puis encore, dans les cimetières, il y a des monuments presque aussi intéressants que dans les
musées. Le tombeau de Cavaignac[1] m'a fait son-
ger, je l'avoue, sans le comparer, à ce chef-
d'œuvre de Jean Goujon : le corps de Louis de
Brézé, couché dans la chapelle souterraine de
la cathédrale de Rouen ; tout l'art dit moderne
et réaliste est venu de là, messieurs. Ce mort,
Louis de Brézé, est plus vrai, plus terrible, plus
fait de chair inanimée, convulsée encore par
l'agonie, que tous les cadavres tourmentés
qu'on tortionne aujourd'hui sur les tombes.

Mais au cimetière Montmartre on peut encore admirer le monument de Baudin, qui a de
la grandeur ; celui de Gautier, celui de Mürger,

---

1. Maupassant fait ici allusion à la statue couchée d'Eugène
Cavaignac, chef de l'État sous la IIe République en 1848, mort
en 1857 ; cette effigie est due à Rude.

où j'ai vu l'autre jour une seule pauvre couronne d'immortelles jaunes, apportée par qui ? par la dernière grisette, très vieille, et concierge aux environs, peut-être ? C'est une jolie statuette de Millet, mais que détruisent l'abandon et la saleté. Chante la jeunesse, ô Mürger !

Me voici donc entrant dans le cimetière Montmartre, et tout à coup imprégné de tristesse, d'une tristesse qui ne faisait pas trop de mal, d'ailleurs, une de ces tristesses qui vous font penser, quand on se porte bien : « Ça n'est pas drôle, cet endroit-là, mais le moment n'en est pas encore venu pour moi... »

L'impression de l'automne, de cette humidité tiède qui sent la mort des feuilles et le soleil affaibli, fatigué, anémique, aggravait en la poétisant la sensation de solitude et de fin définitive flottant sur ce lieu, qui sent la mort des hommes.

Je m'en allais à petits pas dans ces rues de tombes, où les voisins ne voisinent point, ne couchent plus ensemble et ne lisent pas de journaux. Et je me mis, moi, à lire les épitaphes. Ça, par exemple, c'est la chose la plus amusante du monde. Jamais Labiche, jamais Meilhac ne m'ont fait rire comme le comique de la prose tombale. Ah ! quels livres supérieurs à ceux de Paul de Kock pour ouvrir la rate que ces plaques de marbre et ces croix où les parents des morts ont épanché leurs regrets, leurs vœux

pour le bonheur du disparu dans l'autre monde
et leur espoir de le rejoindre — blagueurs !

Mais j'adore surtout, dans ce cimetière, la partie abandonnée, solitaire, pleine de grands ifs
et de cyprès, vieux quartier des anciens morts
qui redeviendra bientôt un quartier neuf, dont
on abattra les arbres verts, nourris de cadavres
humains, pour aligner les récents trépassés sous
de petites galettes de marbre.

Quand j'eus erré là le temps de me rafraîchir
l'esprit, je compris que j'allais m'ennuyer et
qu'il fallait porter au dernier lit de ma petite
amie l'hommage fidèle de mon souvenir. J'avais
le cœur un peu serré en arrivant près de sa
tombe. Pauvre chère, elle était si gentille, et si
amoureuse, et si blanche, et si fraîche... et
maintenant... si on ouvrait ça...

Penché sur la grille de fer, je lui dis tout bas
ma peine, qu'elle n'entendit point sans doute,
et j'allais partir quand je vis une femme en
noir, en grand deuil, qui s'agenouillait sur le
tombeau voisin. Son voile de crêpe relevé laissait
apercevoir une jolie tête blonde, dont les cheveux en bandeaux semblaient éclairés par une
lumière d'aurore sous la nuit de sa coiffure. Je
restai.

Certes, elle devait souffrir d'une profonde
douleur. Elle avait enfoui son regard dans ses
mains, et rigide, en une méditation de statue,
partie en ses regrets, égrenant dans l'ombre

des yeux cachés et fermés le chapelet torturant des souvenirs, elle semblait elle-même être une morte qui penserait à un mort. Puis tout à coup je devinai qu'elle allait pleurer, je le devinai à un petit mouvement du dos pareil à un frisson de vent dans un saule. Elle pleura doucement d'abord, puis plus fort, avec des mouvements rapides du cou et des épaules. Soudain elle découvrit ses yeux. Ils étaient pleins de larmes et charmants, des yeux de folle qu'elle promena autour d'elle, en une sorte de réveil de cauchemar. Elle me vit la regarder, parut honteuse et se cacha encore toute la figure dans ses mains. Alors ses sanglots devinrent convulsifs, et sa tête lentement se pencha vers le marbre. Elle y posa son front, et son voile se répandant autour d'elle couvrit les angles blancs de la sépulture aimée, comme un deuil nouveau. Je l'entendis gémir, puis elle s'affaissa, sa joue sur la dalle, et demeura immobile, sans connaissance.

Je me précipitai vers elle, je lui frappai dans les mains, je soufflai sur ses paupières, tout en lisant l'épitaphe très simple : « Ici repose Louis-Théodore Carrel, capitaine d'infanterie de marine, tué par l'ennemi, au Tonkin[1]. Priez pour lui. »

---

1. Le moment le plus aigu des hostilités au Tonkin se situe entre 1883 et 1886. En 1887, la pacification était réalisée, mais il y eut des accrochages avec les « pirates » du Haut Tonkin jusqu'en 1896.

Cette mort remontait à quelques mois. Je fus attendri jusqu'aux larmes, et je redoublai mes soins. Ils réussirent ; elle revint à elle. J'avais l'air très ému — je ne suis pas trop mal, je n'ai pas quarante ans. Je compris à son premier regard qu'elle serait polie et reconnaissante. Elle le fut, avec d'autres larmes, et son histoire contée, sortie par fragments de sa poitrine haletante, la mort de l'officier tombé au Tonkin, au bout d'un an de mariage, après l'avoir épousée par amour, car, orpheline de père et de mère, elle avait tout juste la dot réglementaire.

Je la consolai, je la réconfortai, je la soulevai, je la relevai.

Puis je lui dis :

« Ne restez pas ici. Venez. »

Elle murmura :

« Je suis incapable de marcher.

— Je vais vous soutenir.

— Merci, monsieur, vous êtes bon. Vous veniez également ici pleurer un mort ?

— Oui, madame.

— Une morte ?

— Oui, madame.

— Votre femme ?

— Une amie.

— On peut aimer une amie autant que sa femme, la passion n'a pas de loi.

— Oui, madame. »

Et nous voilà partis ensemble, elle appuyée sur moi, moi la portant presque par les chemins du cimetière. Quand nous en fûmes sortis, elle murmura, défaillante :

« Je crois que je vais me trouver mal.

— Voulez-vous entrer quelque part, prendre quelque chose ?

— Oui, monsieur. »

J'aperçus un restaurant, un de ces restaurants où les amis des morts vont fêter la corvée finie. Nous y entrâmes. Et je lui fis boire une tasse de thé bien chaud qui parut la ranimer. Un vague sourire lui vint aux lèvres. Et elle me parla d'elle. C'était si triste, si triste d'être toute seule dans la vie, toute seule chez soi, nuit et jour, de n'avoir plus personne à qui donner de l'affection, de la confiance, de l'intimité.

Cela avait l'air sincère. C'était gentil dans sa bouche. Je m'attendrissais. Elle était fort jeune, vingt ans peut-être. Je lui fis des compliments qu'elle accepta fort bien. Puis, comme l'heure passait, je lui proposai de la reconduire chez elle avec une voiture. Elle accepta ; et, dans le fiacre, nous restâmes tellement l'un contre l'autre, épaule contre épaule, que nos chaleurs se mêlaient à travers les vêtements, ce qui est bien la chose la plus troublante du monde.

Quand la voiture fut arrêtée à sa maison, elle murmura : « Je me sens incapable de monter seule mon escalier, car je demeure au quatrième. Vous avez été si bon, voulez-vous encore me donner le bras jusqu'à mon logis ? »

Je m'empressai d'accepter. Elle monta lentement, en soufflant beaucoup. Puis, devant sa porte, elle ajouta :

« Entrez donc quelques instants pour que je puisse vous remercier. »

Et j'entrai, parbleu.

C'était modeste, même un peu pauvre, mais simple et bien arrangé, chez elle.

Nous nous assîmes côte à côte sur un petit canapé, et elle me parla de nouveau de sa solitude.

Elle sonna sa bonne, afin de m'offrir quelque chose à boire. La bonne ne vint pas. J'en fus ravi en supposant que cette bonne-là ne devait être que du matin : ce qu'on appelle une femme de ménage.

Elle avait ôté son chapeau. Elle était vraiment gentille avec ses yeux clairs fixés sur moi, si bien fixés, si clairs que j'eus une tentation terrible et j'y cédai. Je la saisis dans mes bras, et sur ses paupières qui se fermèrent soudain, je mis des baisers... des baisers... des baisers... tant et plus.

Elle se débattait en me repoussant et répétant : « Finissez... finissez... finissez donc. »

Quel sens donnait-elle à ce mot ? En des cas pareils, « finir » peut en avoir au moins deux. Pour la faire taire je passai des yeux à la bouche, et je donnai au mot « finir » la conclusion que

je préférais. Elle ne résista pas trop, et quand
nous nous regardâmes de nouveau, après cet
outrage à la mémoire du capitaine tué au Tonkin, elle avait un air alangui, attendri, résigné,
qui dissipa mes inquiétudes.

Alors je fus galant, empressé et reconnaissant.
Et après une nouvelle causerie d'une heure environ, je lui demandai :

« Où dînez-vous ?

— Dans un petit restaurant des environs.

— Toute seule ?

— Mais oui.

— Voulez-vous dîner avec moi ?

— Où ça ?

— Dans un bon restaurant du boulevard. »

Elle résista un peu. J'insistai : elle céda, en se
donnant à elle-même cet argument : « Je m'en-
nuie tant... tant », puis elle ajouta : « Il faut que
je passe une robe un peu moins sombre. »

Et elle entra dans sa chambre à coucher.

Quand elle en sortit, elle était en demi-deuil,
charmante, fine et mince, dans une toilette grise
et fort simple. Elle avait évidemment tenue de
cimetière et tenue de ville.

Le dîner fut très cordial. Elle but du champagne, s'alluma, s'anima et je rentrai chez elle,
avec elle.

Cette liaison nouée sur les tombes dura trois
semaines environ. Mais on se fatigue de tout, et
principalement des femmes. Je la quittai sous

prétexte d'un voyage indispensable. J'eus un
départ très généreux, dont elle me remercia
beaucoup. Et elle me fit promettre, elle me fit
jurer de revenir après mon retour, car elle semblait vraiment un peu attachée à moi.

Je courus à d'autres tendresses, et un mois
environ se passa sans que la pensée de revoir
cette petite amoureuse funéraire fût assez forte
pour que j'y cédasse. Cependant je ne l'oubliais
point... Son souvenir me hantait comme un
mystère, comme un problème de psychologie,
comme une de ces questions inexplicables dont
la solution nous harcèle.

Je ne sais pourquoi, un jour, je m'imaginai
que je la retrouverais au cimetière Montmartre,
et j'y allai.

Je m'y promenai longtemps sans rencontrer
d'autres personnes que les visiteurs ordinaires
de ce lieu, ceux qui n'ont pas encore rompu
toutes relations avec leurs morts. La tombe du
capitaine tué au Tonkin n'avait pas de pleureuse
sur son marbre, ni de fleurs, ni de couronnes.

Mais comme je m'égarai dans un autre quartier de cette grande ville de trépassés, j'aperçus
tout à coup, au bout d'une étroite avenue de
croix, venant vers moi, un couple en grand
deuil, l'homme et la femme. Ô stupeur ! quand
ils s'approchèrent, je la reconnus. C'était elle !

Elle me vit, rougit, et, comme je la frôlais en
la croisant, elle me fit un tout petit signe, un

tout petit coup d'œil qui signifiaient : « Ne me reconnaissez pas », mais qui semblaient dire aussi : « Revenez me voir, mon chéri. »

L'homme était bien, distingué, chic, officier de la Légion d'honneur, âgé d'environ cinquante ans.

Et il la soutenait, comme je l'avais soutenue moi-même en quittant le cimetière.

Je m'en allai stupéfait, me demandant ce que je venais de voir, à quelle race d'êtres appartenait cette sépulcrale chasseresse. Était-ce une simple fille, une prostituée inspirée qui allait cueillir sur les tombes les hommes tristes, hantés par une femme, épouse ou maîtresse, et troublés encore du souvenir des caresses disparues ? Était-elle unique ? Sont-elles plusieurs ? Est-ce une profession ? Fait-on le cimetière comme on fait le trottoir ? Les Tombales ! Ou bien avait-elle eu seule cette idée admirable, d'une philosophie profonde, d'exploiter les regrets d'amour qu'on ranime en ces lieux funèbres ?

Et j'aurais bien voulu savoir de qui elle était veuve, ce jour-là ?

DÉCOUVREZ LES FOLIO À 2 €

Parutions de janvier 2005

H. DE BALZAC *L'Auberge rouge*

Dans les brumes de l'Allemagne romantique, l'inspecteur Balzac mène l'enquête !

R. BRADBURY *Meurtres en douceur* et autres nouvelles

Loin de *Fahrenheit 451* et de *Chroniques martiennes*, Ray Bradbury nous entraîne dans un univers en apparence familier et pourtant surprenant.

C. CASTANEDA *Stopper-le-monde*

Castaneda se prête au jeu d'une initiation, déroutante s'il en est, qui ne va pas sans rébellion, scepticisme et repentirs, sans parler des angoisses qu'elle impose au néophyte. Un témoignage d'une incontestable valeur documentaire.

CONFUCIUS *Les Entretiens*

Les *Entretiens* proposent un art de vivre qui demeure un modèle pour le monde moderne.

D. DAENINCKX *Ceinture rouge*, précédé de *Corvée de bois*

La fiction et l'Histoire s'entrechoquent dans ces deux textes saisissants et « politiquement incorrects ».

W. FAULKNER *Le Caïd* et autres nouvelles

Dans ces quelques nouvelles, apparaît pour la première fois l'ébauche de l'univers de Faulkner, l'esquisse des grandes œuvres à venir.

GANDHI *La voie de la non-violence*

Dans l'histoire de l'humanité, Gandhi est le premier à avoir étendu le principe de la non-violence du plan individuel au plan social et politique.

G. DE MAUPASSANT *Le Verrou* et autres contes grivois

Quelques nouvelles audacieuses et pleines d'humour pour émoustiller le lecteur…

D.A.F. DE SADE — *La Philosophie dans le boudoir* (Les quatre premiers dialogues)

Dans un boudoir délicieux, trois libertins, pleins de santé et d'imagination, accueillent une jeune fille qui ne demande qu'à apprendre...

I. SVEVO — *L'assassinat de la Via Belpoggio* et autres nouvelles

Quelques nouvelles intimistes et profondes par l'auteur de *La conscience de Zeno.*

Dans la même collection

R. AKUTAGAWA — *Rashômon* et autres contes (Folio n° 3931)

M. AMIS — *L'état de l'Angleterre*, précédé de *Nouvelle carrière* (Folio n° 3865)

ANONYME — *Le poisson de jade et l'épingle au phénix* (Folio n° 3961)

ANONYME — *Saga de Gísli Súrsson* (Folio n° 4098)

G. APOLLINAIRE — *Les Exploits d'un jeune don Juan* (Folio n° 3757)

ARAGON — *Le collaborateur* et autres nouvelles (Folio n° 3618)

I. ASIMOV — *Mortelle est la nuit*, précédé de *Chante-cloche* (Folio n° 4039)

T. BENACQUISTA — *La boîte noire* et autres nouvelles (Folio n° 3619)

K. BLIXEN — *L'éternelle histoire* (Folio n° 3692)

M. BOULGAKOV — *Endiablade* (Folio n° 3962)

L. BROWN — *92 jours* (Folio n° 3866)

S. BRUSSOLO — *Trajets et itinéraires de l'oubli* (Folio n° 3786)

J. M. CAIN — *Faux en écritures* (Folio n° 3787)

A. CAMUS — *Jonas ou l'artiste au travail* suivi de *La pierre qui pousse* (Folio n° 3788)

T. CAPOTE — *Cercueils sur mesure* (Folio n° 3621)

T. CAPOTE — *Monsieur Maléfique* et autres nouvelles (Folio n° 4099)

Composition Nord Compo
Impression Novoprint
à Barcelone, le 10 janvier 2006
Dépôt légal: janvier 2006
1ᵉʳ dépôt légal dans la collection : décembre 2004

ISBN 2-07-030536-8. / Imprimé en Espagne.

142619